因為不是真正的夥伴而被逐出勇者隊伍，流落到邊境展開慢活人生6

ざっぽん

插畫／やすも

Banished from the brave man's group, I decided to lead a slow life in the back country.6

Kadokawa Fantastic Novels

「好費勁喔。」

「享受這段費勁的過程也是釣魚的樂趣之一啊。」

CONTENTS

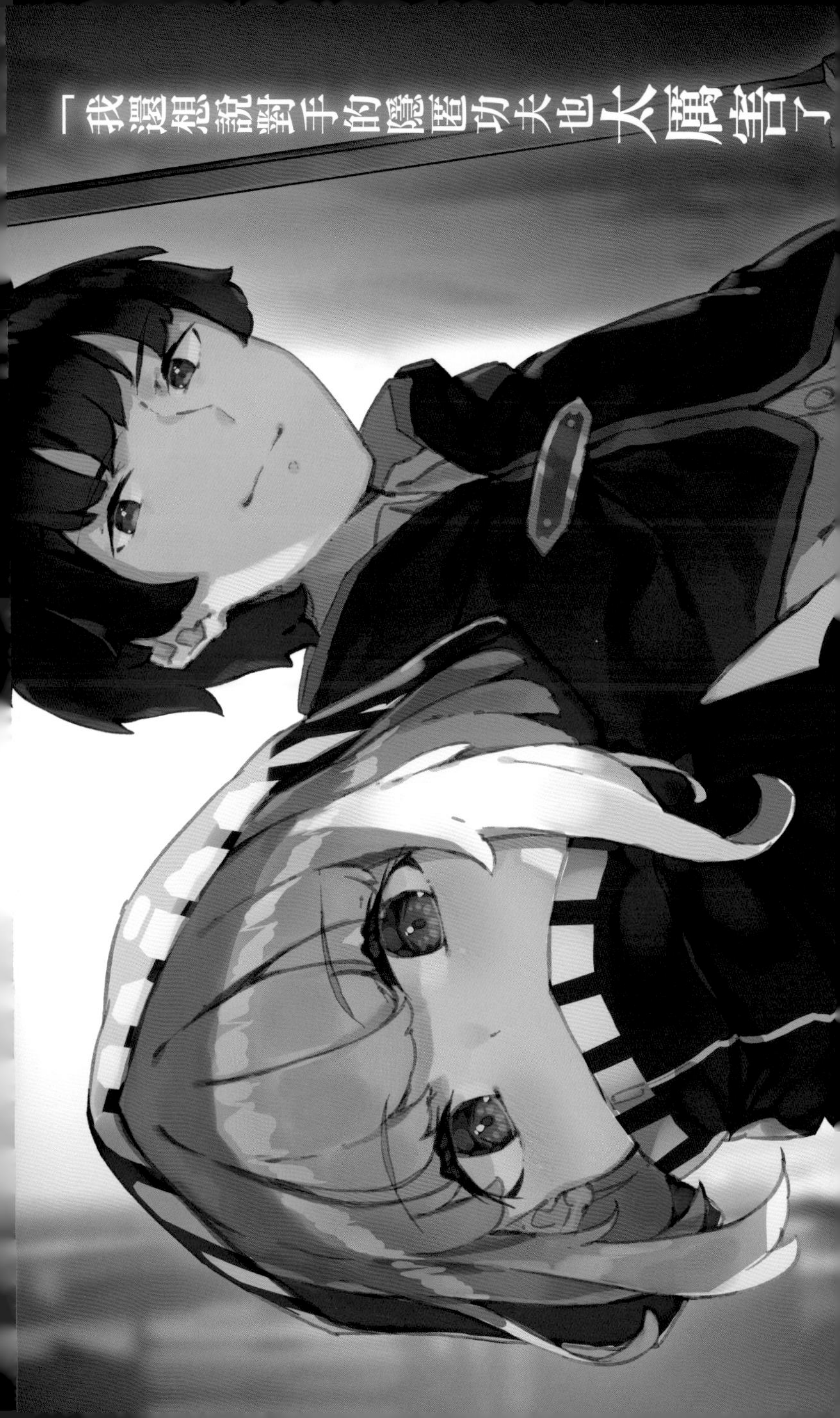
「我還想說對手的隱匿功夫也太厲害了」

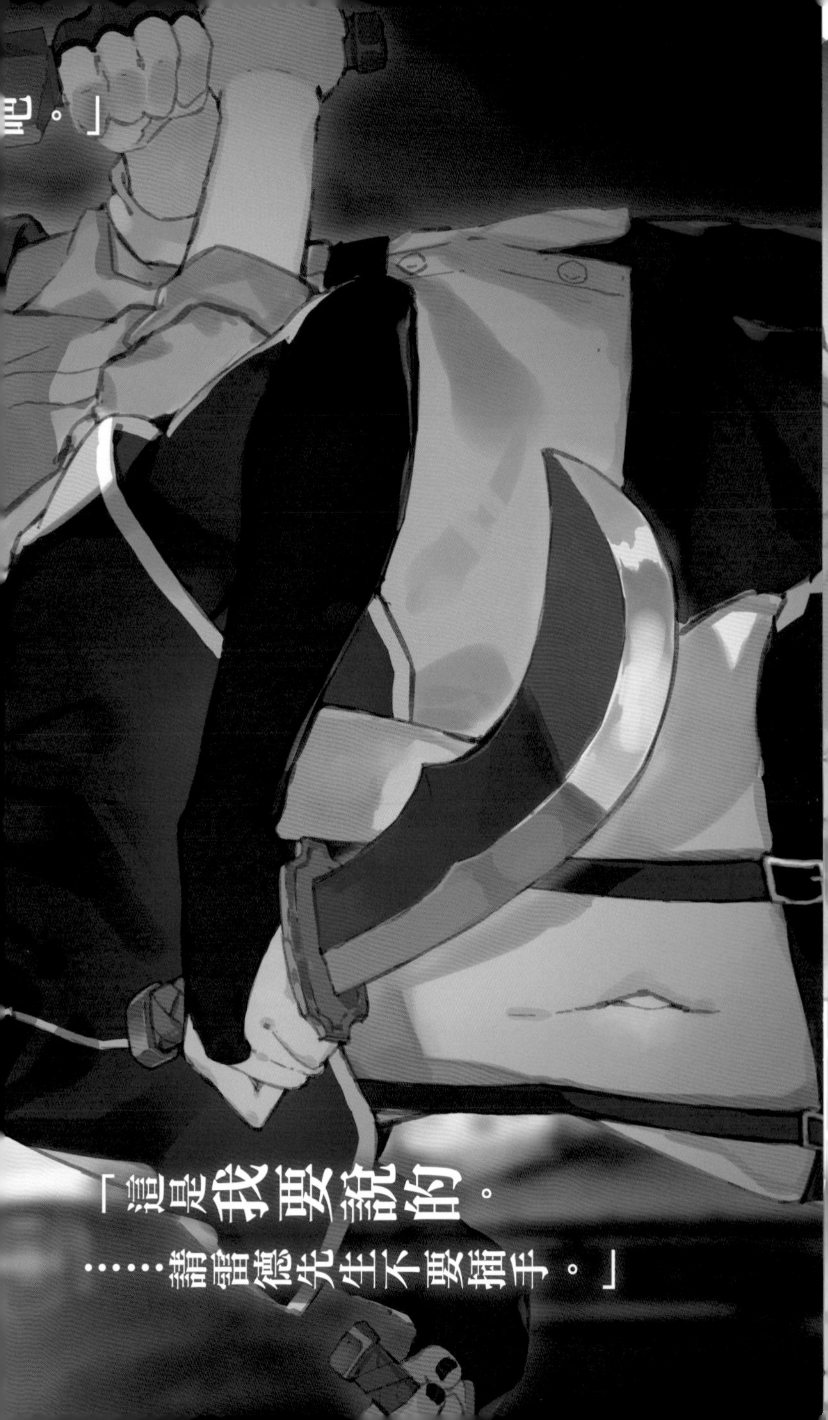
吧。」
「這是我要說的。
……請雷德先生不要插手。」

ざっぽん
插畫／やすも
因為不是真正的夥伴
而被逐出勇者隊伍，
流落到邊境展開慢活人生6
Banished from the brave man's group, I decided to lead a slow life in the back country.
Kadokawa Fantastic Novels

CHARACTER

雷德
（吉迪恩・萊格納索）

因為被踢出勇者隊伍而決定在邊境展開慢活人生。曾立下許多戰功，是除了勇者以外最強的人族劍士。

莉特
（莉茲蕾特・渥夫・洛嘉維亞）

洛嘉維亞公國的公主，是傲期已經結束的前傲嬌，沉浸在滿滿幸福中。不僅會使用精靈魔法，也能召喚狼或變身成狼。

露緹・萊格納索

雷德的妹妹，體內寄宿著人類最強加護「勇者」。擺脫加護的衝動後，在佐爾丹兼職當藥草農家與冒險者，過著快樂的生活。

媞瑟・迦蘭德

擁有「刺客」加護的少女。身分是殺手公會的精銳殺手，但現在暫時停工，與露緹一起準備開間藥草農園。

亞蘭朵菈菈

能夠操縱植物的「木之歌者」高等妖精。不同於過著慢生活的雷德等人，一旦有事發生就會主動出面解決的現役英雄。

米絲托慕

擁有「大魔導士」加護的老婆婆，是過去守護佐爾丹的前英雄。遭到殺手所襲擊，危急時刻被亞蘭朵菈菈救了一命。

薩里烏斯・渥夫・維羅尼亞

維羅尼亞王國的王子。雖然是國王的長子，但母親米詩斐雅王妃從王宮失蹤後，在王子們之間的王位繼承權便落到了末席。

黎琳菈菈

擁有「海賊」加護的高等妖精，是維羅尼亞王國的海軍元帥，也是妖精海賊團的前船長。為了搜索某個人的下落而來到佐爾丹。

序章

惡者的加護

撇除阿修羅惡魔此一例外，這世上所有生物都會在誕生時獲得至高神戴密斯賜予的「加護」。

「加護」會賦予等級與技能的力量，讓脆弱的人類得以在對抗巨人和怪獸等魔物時不會屈居下風。若是沒有「加護」，人類恐怕早已滅絕於遠古時期。

村子裡的祭司對聚集在小教堂的孩子們如是說道。

有些孩子覺得枯坐半天很難受，不時戳戳旁邊的孩子嬉鬧玩耍。在這群孩子裡，只有露緹和吉迪恩老實安分地坐在椅子上。

見狀，祭司心裡暗想：他們與其說很懂禮貌，不如說那異常成熟的舉止反倒顯得不自然。

「祭司大人！」

名叫塔普的少年舉起手。他臉頰圓鼓鼓的，很討人喜歡。

「為什麼魔物也有『加護』呢？魔物不是壞蛋嗎？」

魔物種類繁多，無法一概而論，但大部分魔物確實會危害到人類，很多殘暴的魔物純粹為殺而殺，並非為了進食。此外，就連根本是邪惡化身的惡魔都擁有「加護」。

如果這些惡者沒有「加護」，人類和高等妖精等善良的種族一定會更壯大繁榮——任誰都曾經這麼想過。

在這裡講述教義、擁有「祈禱師」加護的祭司，憶起自己兒時也在這座教堂對當時村裡的祭司問過同一個問題。

「塔普弟弟，這個問題的答案就在我們的『加護』中。」

「在『加護』中？」

「『加護』要藉由殺死『加護』的持有者才能成長。然而，若這世上只有善人，我們又該去殺誰才好呢？神明希望我們對抗邪惡，活得更加正直，才會將『加護』也賦予邪惡的一方。」

聽到祭司這番話，塔普理解過來似的連連點頭。

坐在塔普隔壁的是接觸到「戰士」加護的早熟少年，之前就一直向周遭放話「我要去殺掉更多的魔物」。他的加護等級是3級，已經會拿著長槍與弓箭跟大人一起狩獵魔物了。

「請問……」

小小的問話聲響起。即使環境再嘈雜，這道聲音依舊強而有力地清晰傳入眾人耳中，同時有隻小手舉了起來。吵鬧的孩子們也閉上嘴，乖巧地看向那名少女。

「露緹，有什麼問題嗎？」

祭司有些畏怯。這個令人捉摸不透的少女還是頭一次發問。

「衝動存在的目的是什麼？」

「呃，喔，這個啊。這是個好問題。」

祭司撫胸鬆了口氣。衝動的意義不言而喻，如同教他們一加一的算術題一樣。祭司對露緹改觀，認為這名奇特少女的內在思維出乎意料地正常。

「眾所皆知，『加護』存在著衝動。以我的『祈禱師』舉例，這個加護的衝動就是希望大家的心靈常保平靜，用自身魔法去拯救受苦的人們。我之所以想成為祭司，也是多虧這個衝動的影響。」

除此之外，還有一種衝動會讓人排斥新想法而趨於保守，不過祭司心中暗道沒必要把這一點也告訴他們。

「神明賜予我們的『加護』會帶來強大的力量。但為了不讓我們放縱地行使這股力量，便藉由衝動來引導我們走向正途。只要遵循衝動，心靈就會充滿安寧。追求這份安寧而活，正是讓人生過得快樂且不會誤入歧途的祕訣。」

聽到祭司這麼說，接觸到「戰士」加護的少年躍躍欲試地握起拳頭。

這名少年日後把自詡打架高手的同村少年們打得落花流水，成為全村最囂張的小霸王，起因就是祭司這天所說的話。

祭司這席話，想必也對其他孩子的人生造成莫大的影響。

然而，露緹的表情依然冰冷如故。

＊　＊　＊

後來時光流逝……

這是勇者露緹身邊還只有吉迪恩一同作戰時的事情。

成功帶著村民避難以逃過魔王軍的襲擊之後，露緹在領主的宅邸休息。

忽然間，她感覺到一股令人厭憎的氣息，便將手往旁邊一伸，拔出吉迪恩給她的魔法劍。天花板出現了一隻大蝙蝠。

她毫不猶豫地舉劍指著蝙蝠。

只見蝙蝠扭起嘴角露出不可能出現在動物臉上的邪笑，輕盈地展翅飛了下來。

著地後，牠變成介於雙臂長著飛膜的蝙蝠與人類之間的怪物。那是變身動物的技能。不過，露緹並不是因為第一次見識到這招而感到驚訝。

「你是……人類？」

與露緹對峙的不是獸人，也不是惡魔。

而是擁有「刺客」加護的人類。

為了對抗魔王軍而啟程的露緹，今日第一次與人類為敵。

殺手用雙手舉著彎起不祥弧度的曲劍。

那是會讓砍中時的痛覺加倍的凶殘武器……但露緹只覺得看起來很難用。

看著持劍的露緹，殺手的表情因喜悅而扭曲。

「美麗的少女啊，妳那雙紅眸想必在我的收藏品中也會顯得格外有價值吧。」

露緹眼神冰冷地聽著殺手自我陶醉的言論。

這個殺手之所以這副模樣，應該是「刺客」衝動與他本身對工作講求藝術性的性格結合在一起所導致的吧。

這個殺手以殺人為樂。必須在這裡打倒他。

露緹舉劍擺出架式，決心應戰。

於是雙方經過一番交戰，最後露緹斬殺了殺手。

這天勇者加護升了一級，變成10級。

第一章 維羅尼亞王國的槳帆船

冬至祭隔天——

我來到城門前的廣場。昨天跟坦塔他們約好要去釣魚。

「去釣魚嘍～！」

「喔——！」

我一吆喝，集合的夥伴們就舉起釣竿回道。

成員有我、莉特、露緹、媞瑟，以及半妖精坦塔。

「奇怪？岡茲人呢？」

「岡茲舅舅好像昨天在慶典喝多了，現在還宿醉起不了床，說今天就不來了。」

「是那傢伙自己說要釣魚的耶。」

「他有吃雷德哥哥的藥，可能中午就活過來了吧。」

真是的。

「那沒辦法了，就我們幾個去吧。」

「嗯！」

坦塔開心地點點頭。他應該是害怕釣魚行程會因此而取消吧。我摸摸他的腦袋要他放心，坦塔便很癢似的笑了笑。

「這裡還有大家的便當喲。」

莉特亮出手裡的大籃子，裡面裝著各式各樣的餐點。那些當然是我做的。

「那麼今天要去哪裡釣魚呢？」

「去海邊吧。我在想要不要租馬。」

「這樣的話，我和莉特用魔法召喚精靈獸就好了。」

「莉特也覺得這樣就好嗎？」

「可以呀！」

打定主意後，我們便穿過城門。上次出城的時候是要前往「世界盡頭之壁」，不過這次只是去海邊釣魚而已。

來到郊外，莉特和露緹分別召喚兩隻精靈巨狼(Spirit Dire Wolf)和精靈馬騎(Sprirt Mount)。

莉特的精靈獸是和棕熊差不多大的巨狼。露緹的精靈獸則是毛色純白亮麗的馬匹，身上裝備著馬鞍和韁繩。

獠牙外露的巨狼一開始似乎把坦塔嚇了一跳，但他很快就適應過來，還抱住那毛茸茸的脖子。

巨狼叼住坦塔的衣服輕輕一甩，將坦塔丟到自己背上。

「好厲害！」

坦塔彷彿很喜歡巨狼，不斷來回撫摸著牠脖子上的毛髮。

「坦塔要騎這隻嗎？那我跟你一起吧。」

我跳到坦塔背後坐下。

「沒問題嗎？馬有馬鞍，還是騎馬比較好吧？」

「應該沒問題啦。」

對於莉特的擔心，巨狼哼叫一聲，像是在說包在牠身上。

巨狼的舉止讓坦塔很興奮，他雙眼燦亮地趴伏在巨狼的脖子上牢牢抱著。

＊　＊　＊

雖然統稱為釣魚，但細究起來很複雜。

目前已知的釣魚相關技能有通用技能裡的「捕魚」和「垂釣」，再來就是「漁夫」和「釣客」等加護具備的固有技能「上級垂釣」這三種。

我把「捕魚」升到了3級，這是因為3級的「捕魚」會賦予「強化水中視野」的效果。顧名思義，這個效果可以無視水中的光折射或輕微混濁，獲得清晰的視野。用意應該是讓人看出水中有多少魚，藉此提高釣魚效率吧。

通用技能「游泳」可以得到水中移動能力以及一定程度的戰鬥能力，但對視野沒有幫助。此外，「游泳」的高階版技能「水中戰鬥術」也會賦予「強化水中視野」的效果，大部分戰士系加護都有這個技能，但由於被歸類為固有技能，因此我沒辦法使用。

水中是極難戰鬥的地方。如果像陸地一樣穿著鎧甲，就會因為鎧甲的重量導致身體施展不開，也沒辦法揮動武器。

拿劍的話，能在水中正常使出的招數大概只有突刺。避免在水中戰鬥才是上上策。

然而，有時候還是不得不在水中戰鬥。水中跟陸地一樣棲息著無數魔物，漁業和水運也是我們生活中不可或缺的一部分。

要走水路繞過「世界盡頭之壁」之所以很困難，不只是因為佐爾丹以東的海域常有暴風雨肆虐，更大的原因在於那是超大型海底魔物的棲息地。

那些魔物被稱為風暴諸王，有克拉肯、深海蛇、白鯨（Greater White）和鮫蛸。

另外還有傳說中的存在——利維坦惡魔的眷族，能變身成巨大海龍的海洋惡魔們。

遭遇超大型海底魔物時，要是敵人從船的正下方發動攻擊，我們也沒有對抗方法。

這種情況下只能潛入海裡，和敵人展開牠們拿手的水中戰鬥。

因此，我學了「捕魚」技能，在釣魚方面也算在行。

「很好，又釣到一條了。」

我接二連三把釣到的魚丟進裝著海水的籃子裡，現在有六條。

「唔哼哼。」

莉特不甘心地瞪著漂在海上的浮標。

呵呵呵，撇開技能不談，光是殺氣那麼重，魚就不敢靠過來了啦。

我們正在佐爾丹附近海邊的棧橋上釣魚。這裡是搭乘小艇到沿海村落行商的商人們卸貨的地方。要是用佐爾丹的港口就得付費，所以四處販售日用品的商人們會選在這裡把貨物裝進自己的小艇或搬上岸。

「還有啊，露緹。」

「什麼事？」

「釣魚並不是要妳用魚鉤去射海裡的魚啊。」

露緹的釣魚籃裡已經裝了三十條以上的魚。

她釣魚時不用魚餌，而是把綁著釣線的魚鉤丟進海中，讓魚鉤直接擊中魚的嘴巴再拉上岸。

雖然這種方法很亂來，但似乎連五十公尺以下的海底都涵蓋在射程範圍內，所以她的命中率是百發百中。然而，這絕對稱不上是在釣魚。

「可是這樣釣得比較快呀。」

「是沒錯啦。」

露緹一臉疑惑地看著我。

畢竟她大概從來都沒有釣過魚吧。

「決定了，露緹。我來教妳釣魚吧。」

我站起身。

「休假日出來釣魚並不是為了釣到魚，而是要享受釣魚的樂趣。」

「享受釣魚的樂趣？」

我幫露緹的釣竿重新裝上釣具。

魚餌用的是藍蠕蟲，是一種長得像蚯蚓的蟲子。魚很喜歡吃這種餌，取得方式也不難，但好像有些人不想碰會不斷扭動的藍蠕蟲。

我將釣線穿過浮標和鉛錘，然後把藍蠕蟲串在魚鉤上。

「像這樣把魚餌串到魚鉤上，基本上牢牢串到底比較好。」

「嗯。」

「不需要把魚鉤拋得太遠，拋到近處靜靜等魚上鉤就可以了。」

「是這樣嗎？」

「拋得太用力可能會導致魚餌脫鉤，而且我們要釣的魚也沒有多大。這裡還有一種叫做線鰭魚的魚會巧妙地把魚餌吃掉就走，一定要常常檢查魚餌還在不在。所以說，這次妳把魚鉤拋得離自己近一點，悠閒地邊確認浮標邊釣魚吧。」

「好費勁喔。」

「享受這段費勁的過程也是釣魚的樂趣之一啊。」

露緹從我手中接過釣竿，把魚鉤丟進海裡。

浮標漂浮在海浪上，海鳥發出啼叫飛過天空。

「天氣真好呢。」

「嗯。」

佐爾丹冬天的海洋雖然很冷，但很美麗。

因為一到冬天，風從「世界盡頭之壁」吹過大海時，海面的水會流向海岸，讓深海的水浮上來。

就算沒有技能，我也看得到在澄澈通透的湛藍海水裡游動的紅背魚。儘管我明白這其中的原理——

「好不可思議的景象啊。」

我看著大海這麼說道。

身旁的露緹及不遠處的莉特都認同地點點頭。

「佐爾丹真是有趣。」

「就是說呀。」

說完，她們兩人的嘴角都浮現恬靜柔和的笑意。

* * *

「差不多該吃午餐啦！」

「太好了！我的肚子早就餓了。」

我一喊，坦塔就第一個這麼回答。

「真是的，完全追不上雷德耶。」

莉特噘著嘴說完，又開心地笑了起來。

「露緹？」

原本正凝視著浮標的露緹戀戀不捨地將魚鉤拉回手邊，然後放下了釣竿。

「很有趣。」

在那之後露緹只釣到兩條魚，以新手來說算很厲害了。

不過一般的釣魚方式遠比露緹原先的做法悠閒，我本來還擔心她會不會覺得無聊，但看到她高興的表情就放心了。

露緹一開始似乎還因為釣不到魚而感到困惑，後來就慢慢理解了悠哉等待魚上鉤的樂趣。

從這一點來說，媞瑟也做得很好。她只釣到一條魚，然而卻是條連籃子都裝不下的大魚。

她毫不理會小魚，一心只想釣到大魚。

雖然乍看之下只是漫不經心地在釣魚，但其實相當莊重嚴謹。

我們圍繞著便當。

「今天吃什麼呢？」

「種類很多喔。」

便當裡裝著三明治、番茄沙拉、歐姆蛋捲、烤牛肉片和煎肉餅，飲料則是牛奶。

「哇！色彩很繽紛耶。」

坦塔立刻舉起叉子伸向烤牛肉片。

莉特先吃煎肉餅，露緹和媞瑟則是番茄沙拉。

「「「「好好吃喔！」」」」

四人齊聲這麼說道。

看到大家的表情，我也滿足地笑了，覺得早起做便當的努力都有了回報。而就在便當幾乎被掃光的時候——

「啊，你們看！是船耶！」

坦塔叫道。我也跟著他指的方向往大海看去。

那裡有一艘懸掛兩面四角帆的槳帆船，彷彿長了無數隻腳似的有規律地划著船槳持續前進。

「那是軍船吧。」

那不是佐爾丹的船。佐爾丹軍隊只有三艘懸掛三角帆的卡拉維爾帆船，照理說不可能會看錯。

「……是維羅尼亞那邊的船嗎？」

我定睛觀察後，發現三層船槳中，最上層的船槳比較少。那是維羅尼亞王國等南部槳帆船的特徵。

那艘船的甲板設計得比其他船還高，和敵方船隻並行時可以從高處射箭攻擊敵人。

維羅尼亞王國約在八十年前設計出這種軍船，專門用來對付以白刃戰為主的海賊。

但畢竟是舊型號的槳帆船了，據說維羅尼亞王國也正逐步汰換成大型帆船。

「不會是海賊吧？」

坦塔擔心地問道。

「確實有可能是海賊，但這一帶的海賊不會用那麼大型的軍船。」

而且達南在來到佐爾丹的路上似乎擊沉了大量海賊船，現在佐爾丹航線上的海賊們應該都躲起來了。

「不過，槳帆船也不可能通過常有暴風雨的東方航線啊，他們來佐爾丹到底想做什麼呢？」

看著在遠方行駛的維羅尼亞軍船，我心不在焉地拿著三明治猜想那艘船的目的。

＊　＊　＊

下午──

「該回去了吧。」

我看了看開始西斜的太陽說道。

「唔……也對，時間差不多了。」

「咦？再多待一下嘛！」

坦塔噘嘴說。

「可是考慮到交通時間，不趁現在走的話，半路就會天黑了喲。」

「……好啦，但下次還要來喔。」

「嗯，下次再大家一起來吧。」

莉特安慰著滿臉遺憾的坦塔。

「露緹也同意嗎？」

「嗯，釣魚很好玩，我下次還想來。」

到頭來，露緹的釣魚成果比坦塔還要少。

不過，開始收拾工具的露緹看起來很捨不得走，我可以感受到她今天玩得很開心。

今天來釣魚真是太好了。

＊　＊　＊

隔天早上，在露緹租下的宅邸——

露緹每天都會在同一時間醒來。

不管多晚睡或多早睡，都是同樣的時間。

「今天也睡著了。」

露緹每天早上都會為晚上睡覺這個人性化的行為所感動，並雙眼燦亮地看著從窗外灑進來的晨光。當然，能從露緹那雙宛如深潭的眼眸中發現那抹光采的大概只有雷德和媞瑟而已。

她用水壺裡的水漱口，然後喝了一杯水。

接著她脫掉衣服，用溼毛巾簡單擦拭身體。

換完衣服後就是做個輕度運動。她倒立快速繞房間一圈。

再來用腳趾夾住天花板的梁柱，倒著在房內往返一遍。

最後是將球從窗戶丟向院子裡的樹木再彈回手上的運動，她分別用雙手雙腳稍微做了一百次，確認身體能夠隨心所欲地活動後就結束了。

「嗯。」

露緹大致花了十五分鐘做完以上的晨間熱身運動。

速度實在驚人。

露緹之前都是靠「勇者」的力量讓身體一直保持在最佳狀態，不運動會導致身體變遲鈍這件事以及做熱身運動的行為都讓她感到很新鮮。

她一滴汗都沒流。臉頰之所以微微泛紅，是因為她接下來要去雷德那裡吃早餐。

慶幸的是，這些她本人認定只算輕度的運動，目前還沒有被其他人撞見過。

＊　＊　＊

露緹和媞瑟沐浴著晨光走在佐爾丹平民區的街道上，朝雷德的店舖前進。

媞瑟的衣服下藏著短劍，算是一種殺手的習性。

露緹什麼都沒拿，劍放在雷德的店裡。

倘若要去冒險，露緹會特地去一趟雷德的店拿劍。

雖然這顯然是設法見雷德一面的笨拙藉口，不過雷德和媞瑟都抱著溫柔寬厚的心看待這件事。

佐爾丹平民區今天有點喧鬧。

居民聚集在井邊或巷內，憂心忡忡地交頭接耳討論傳聞。

（是在說昨天的船嗎？）

媞瑟內心暗自嘀咕。昨天釣魚時看到了一艘軍船。

槳帆船絕對不可能熬得過暴風雨頻起的東方航線。既然如此，那艘軍船的目的地只會是佐爾丹了。

然而，軍船千里迢迢來到佐爾丹究竟有何目的？

＊　＊　＊

「真好吃。」

「對呀。」

她們兩人在雷德的店裡吃完早餐後，接著前往北區的藥草農園。

今天的早餐是用昨天釣到的魚做成的，有包心菜番茄燉魚、洋蔥醃泡紅肉魚、清爽的檸檬水，以及鬆軟的白麵包。

露緹和媞瑟都很佩服雷德能夠一大早就做出那麼多種餐點。

再加上——

「這是露緹昨天釣到的魚喔。」

一想到雷德邊說邊津津有味地享用番茄燉魚的模樣，露緹的嘴角便自然而然地上揚起來。

露緹等人的住處位於中央區的西南側。這是為了方便露緹來回佐爾丹南側平民區的雷德&莉特藥草店，媞瑟也可以在散步時順便去西側港區交界處的歐帕菈菈的黑輪攤吃竹輪。

雖然最重要的農園在比較遙遠的北區，但她們兩人並不怎麼在意的樣子。

抵達農園後，她們巡視了一遍藥草的情況。

露緹的藥草農園分為一般農園和溫室兩區。

設在南側的溫室採用玻璃天花板，藉此提高室內溫度。

「露緹大人，妳看發芽了。」

「真的耶。」

小小的綠芽從土裡探出頭來了。

露緹和媞瑟注視著這株小綠芽，兩人臉上都只有細微的情緒波動。

別人應該看不出她們此刻深深受到了感動。不過，這裡並沒有其他人，而她們的友誼也深厚到足以理解對方的心情。

「真是太好了呢。」

「嗯。」

她們露出只有彼此看得出來的笑容，開心地相視而笑。

＊　＊　＊

中午——

她們兩人依照雷德的教學，動作輕柔地為藥草澆上少許的水。

這個工作也大致完成了。

等到藥草長出茂密綠葉的時候，大概就要忙著處理害蟲和雜草了。

但根據雷德的說法，這些藥草本來就是生長在山野中的植物，對害蟲和雜草有很強的抗性。繁殖力強的藥草甚至會顧慮到藥草之間的環境，避免侵略其他藥草的範圍。

「今天做完這些就結束吧？」

「好呀。」

收拾工具後，兩人討論要不要休息吃午餐。

「不好意思！」

這時傳來了一聲大喊。

露緹她們循著聲音看過去，發現冒險者公會的職員梅格莉雅正額頭冒汗地呼喊。難道有冒險的委託嗎？

「露露小姐！我這邊有件事想拜託妳！」

露露是露緹在佐爾丹使用的假名。

雖說如此，露露作為假名實在太簡略，因此她的全名取作露緹．露露。

一般人喊她露露，親近的人則是喊露緹。

這是因為對露緹而言，身為兄長的吉迪恩無論如何都必須喊她露緹。她認真地堅守著這條底線，即使是神明的要求也絕對不會退讓。

不過，露緹這個名字在阿瓦隆尼亞王國並非相當罕見，也沒有人會想到勇者竟然在佐爾丹。

媞瑟使用的假名是媞法．喬森，至於媞瑟這個稱呼就當作是一種暱稱。

露緹用毛巾擦掉臉上的沙土後，朝臉色發白的梅格莉雅徑直走去。

「怎麼了？」

梅格莉雅繃緊蒼白的臉龐回答露緹的問題。

「維羅尼亞的薩里烏斯王子搭軍船來到佐爾丹了。」

「嗯。」

見到露緹冷靜地點頭，梅格莉雅反而吃了一驚。

「不愧是露露小姐，妳已經知道了嗎？」

「昨天有看到軍船，但我不曉得來的是薩里烏斯王子……」

露緹從記憶中回想起跟薩里烏斯王子有關的事蹟。

「說到薩里烏斯王子……我記得他是維羅尼亞國王的長子，不過是國王跟先王的第一公主所生的兒子，在第一公主失蹤後，這位王子的繼承權就落到了末席沒錯吧？」

「對，聽說是這樣。但具體情況我也不清楚……」

梅格莉雅畢竟只是冒險者公會的職員，所以回得不是很有把握。

儘管維羅尼亞是泱泱大國，但她並不會連遙遠國家的情況都掌握得很清楚。在佐爾丹不需要具備該國的相關知識……至少直到昨天為止都是如此。

「那麼，那位王子提了什麼要求呢？」

「他要我們交出佐爾丹及附近村落的教徒名簿。」

「教徒名簿……」

教徒名簿是聖方教會用來記錄居民的出生、死亡、結婚、喬遷和所持加護等資料的冊子，並以此為基準代替國王和領主向人民課徵人頭稅，然後收取部分稅金作為國王和領主捐獻給教會的款項。

教會為人民舉辦婚喪喜慶時必須用到教徒名簿。即使是對稅金感到不滿的居民，面對來收稅的教會也只能乖乖繳稅。

除了教徒名簿，有些領主還會另外製作一本用來記錄土地面積和財產的冊子。教徒名簿只管理人口，雖然可以用來處理按家庭人數課徵的人頭稅，但各種財產的稅制皆不同，沒辦法一併處理。

聖方教會內部偶爾會傳出應該改良教徒名簿的聲音，然而教徒名簿的目的並不在於納稅，而是將教徒列成名單以協助推動信仰，所以目前沒有更改內容的計畫。

「教徒名簿是由教會負責管理的，畢竟上面有加護的資料。佐爾丹的聖方教會對薩里烏斯王子的要求感到非常憤慨。」

縱使會代為徵稅，聖方教會的原則是面對國王也不會交出教徒名簿。薩里烏斯王子這次的要求，對教會而言足以稱為暴行。

「維羅尼亞明明也有聖方教會，他還真敢提出這種強硬的要求啊。」

媞瑟走到露緹旁邊說道。

從殺手公會的角度來看，聖方教會也是麻煩的對象。教會跨國布建的情報網對殺手造成了致命的阻礙。

「畢竟佐爾丹和維羅尼亞相隔遙遠，他可能認為佐爾丹的抗議不會傳到維羅尼亞本國吧。」

聽到梅格莉雅這麼說，媞瑟不解地傾著頭。

教會統合了全民的信仰，不同於連齊心協力對抗魔王軍都辦不到的各國。就算地點是在邊境，教會有可能允許王子做出這種侵略領域的行為嗎？

媞瑟對此抱持疑問。

「對了，維羅尼亞王子要佐爾丹的教徒名簿做什麼？」

「這個……他說在找人。」

「找人？什麼樣的人？」

「關於這一點……他說沒必要告訴我們，只管交出教徒名簿就是。」

露緹的眉毛微微一動。

「原來如此，意思是要佐爾丹別多管閒事。」

「是的。」

「要是拒絕會怎麼樣？」

「……不會怎麼樣。只不過拒絕的話，他說船會暫時停留在佐爾丹海上，直到找到那個人為止。而且還說補給的問題他們會自行解決，不用我們費心。」

換句話說，他是在威脅佐爾丹若不交出教徒名簿，就要在近海從事海賊行為。

面對此等暴行，佐爾丹完全有正當理由宣戰；然而……

「不用說，佐爾丹的海軍沒辦法與他們抗衡。」

佐爾丹的軍船只有三艘小型帆船。那是兩根船桅各掛有三角帆的卡拉維爾帆船，可乘載二十人。

在戰鬥力上，根本敵不過足以運載三百名士兵的維羅尼亞軍用槳帆船。

更何況，就算打贏了，大國維羅尼亞王國和邊境小城邦佐爾丹之間還是存在著令人不忍卒睹的國力差距。

雖然露緹並不覺得維羅尼亞會真的對相隔遙遠的佐爾丹動武，但如果發生戰爭的話，佐爾丹絕對沒有勝算。

即使向阿瓦隆尼亞王國等其他大國求援，那些國家也正忙於對抗魔王軍，想必無暇出兵抵禦維羅尼亞。

也就是說，佐爾丹目前只能吞下維羅尼亞的要求。

「噫！」

正看著露緹的梅格莉雅尖叫了一聲。

露緹連忙讓情緒平復下來。

「咦？啊，對、對不起。」

梅格莉雅有一瞬間以為自己被一頭巨大的怪物盯上。但在眨眼過後，站在面前的只有露緹・露露和媞法・喬森這兩位可靠的B級冒險者而已。

梅格莉雅將手放在胸前按住狂躁的心跳，用力呼出一口氣。

「…………」

露緹也很驚訝自己在聽完梅格莉雅的話之後會這麼不愉快。

她現在就想衝上維羅尼亞的軍船，把整艘船斬成兩半沉入海裡。這就是露緹此刻的心情。

「所以你們想要我做什麼？」

先冷靜下來。露緹在心中對自己這麼說道，同時問起冒險者公會的委託。

「我們想請露露小姐先來一趟佐爾丹的首腦會議。」

「要我參加？」

「就個人戰力而言，現在佐爾丹最強的人是露露小姐。既然軍隊無法抗衡，佐爾丹就只能仰賴露露小姐這樣的個人能力了……因此，我們希望露露小姐能參加決策會議提供一下意見。」

「好。」

露緹立即答道；而梅格莉雅露出驚訝的表情。

「非、非常謝謝妳。其實很多冒險者不喜歡參加這種會議，我沒想到妳竟然一口就答應了。」

「這沒什麼，妳不用在意。」

露緹還是勇者的時候就經常參加軍務會議，這次的會議對她而言不過是家常便飯。

看到露緹沒什麼緊張的模樣，梅格莉雅產生了「真是不得了的強者」的敬意。

「地點呢？」

「在佐爾丹議會。」

「這樣啊。會議現在是什麼情況？」

「以席彥主教為中心的教會表示反對，冒險者公會的幹部迦勒汀支持席彥主教的想法。衛兵隊長摩恩也支持席彥主教，還說已經做好必要時不惜一戰的覺悟。相對之下，特涅德市長與佐爾丹軍領袖威廉將軍這兩位則表示開戰是不切實際的做法。」

「席彥主教、公會幹部迦勒汀與衛兵隊長摩恩，他們三人都是前一代B級冒險者隊伍的成員吧？」

「是的。或許因為他們都是英雄，才會抱持這樣的意見吧。」

「謝謝，我先聽聽所有人的意見。走吧。」

露緹颯爽地邁步出發，而梅格莉雅跟在她後面，臉上不知何時已經沒了對大國維羅尼亞的恐懼。

（這個人好不可思議啊。）

這位新的B級冒險者沉默寡言又缺乏表情，令人猜不透她在想什麼。但她確實擁有高強的實力，遇到混亂的局面也能和搭檔媞瑟一起奮勇向前，迅速解決事情。

相較於英雄莉特、亞爾貝和畢伊，她乍看之下雖然不太可靠，實力卻比以往的B級冒險者還要深不可測。

不曉得為什麼，梅格莉雅並不會覺得她怪異或可怕。看著她的身影，就會莫名產生一種……她一定會幫忙想辦法的心情。

「這次的B級冒險者……露露小姐若是能一直留在佐爾丹就好了。」

梅格莉雅發現自己不小心輕聲說出這句話，臉龐當即紅了起來。

＊　＊　＊

佐爾丹議會位於中央區的中心。

佐爾丹市長特涅德、佐爾丹軍將軍威廉男爵、衛兵隊長摩恩、冒險者公會長哈洛德及幹部迦勒汀、聖方教會主教席彥，再加上各公會長和幹部正集結於議會廳內。

「打擾了。」

梅格莉雅帶著露緹和媞瑟走了進來。

看到她們後，掌控佐爾丹的首腦們之中有人皺起眉頭。不過，這是因為露緹還穿著務農時的工作服。

威廉男爵毫不掩飾地對露緹等人投以輕蔑的眼神。露緹看起來並未放在心上，在梅格莉雅帶到的座位上坐下。

「我是露緹．露露，這位是媞法．喬森，請多指教。那麼情況如何？」

「露露小姐，歡迎妳來。」

露緹倉促地打完招呼便問起情況，這讓威廉男爵的臉色更加不悅；但特涅德市長制止了他，帶著笑容回答露緹的問題。

「我們正討論到佐爾丹該採取何種態度來面對維羅尼亞王國。」

「那麼結論呢？」

「唉，這是個很大的難題啊。雖然國家基本上不得侵犯教會的領域，然而維羅尼亞王國似乎無論如何都要找到某個人物。考慮到兩國的友誼，協助他們這件事絕對稱不上是個錯誤……」

「市長！」

打岔的是冒險者公會幹部迦勒汀。

迦勒汀瞪著市長，那張本來就很適合當盜賊公會幹部的可怕相貌變得更加扭曲。

「不說明理由就要我們交出教徒名簿完全是一種暴行。這可是表示他們瞧不起佐爾丹啊！」

幾名與會成員在迦勒汀的氣勢下退縮了起來，特涅德卻一派輕鬆的模樣。反而是坐在迦勒汀旁邊的冒險者公會長哈洛德冷汗直流。

「迦勒汀，面子保護得了國家嗎？」

「不錯。身為佐爾丹軍部的領袖，我必須說一旦與維羅尼亞開戰，佐爾丹絕無勝算。眼下光是一艘軍船就難以應對了，再來一艘的話，我會建議佐爾丹應不戰而降。」

市長和將軍兩人都以強硬的口吻反駁迦勒汀的意見。其他公會長和幹部們也紛紛應聲附和。

「但是，交出教徒名簿可是前所未聞的要求，教會不可能接受。我們應秉報聖地萊斯特沃爾大聖砦的教父克萊門斯聖座，請他發表聲明譴責維羅尼亞。」

席彥主教的語氣透露出不能退讓的決心。特涅德市長眉間緊攏，深深嘆了口氣；但席彥主教的表情並未因為他的反應而動搖。也許是長相和善且性情溫厚的緣故，席彥主教平時在眾人的認知中就是一名寬大為懷的聖職者，所以他此刻一反平常的態度讓佐爾丹的首腦們很不知所措。

（萊斯特沃爾啊？）

露緹感到有點懷念，她與昔日隊友蒂奧德萊就是在聖地萊斯特沃爾大聖砦相識的。當時魔王軍使計害露緹等人被當作投靠魔王軍的異端分子而遭到追捕，導致他們不得不跟戴密斯教的僧侶們一戰。

只有蒂奧德萊選擇相信露緹等人，無視教父克萊門斯的命令站到他們那一邊，也才因此揭穿樞機主教的陰謀，解決了那次的事件。

說起來，萊斯特沃爾的聖堂深處好像有一間誰都沒有進去過的祕密神殿。

由於沒有進去的必要，便擱著不管了——露緹就這樣回想著在聖地發生的事情。

「正如以上所述，縱使對方是維羅尼亞王國，教會也不會把教徒名簿交出去。」

在露緹回憶萊斯特沃爾的經歷之際，席彥主教說明教會獨立於世俗權力之外，重申沒有把教徒名簿交出去的打算。

「……原來如此。」

聽到這裡，露緹點點頭。對立的狀況很簡單明瞭。

以特涅德市長為首的大半佐爾丹首腦們都認為應該交出教徒名簿。相對地，席彥主教與教會則堅守不能交出教徒名簿的原則，而冒險者公會的迦勒汀也支持這個做法。

衛兵隊長在長官威廉將軍面前的發言較不踴躍，但從他的表情來看，他同樣支持席彥主教。

佐爾丹首腦們對上聖方教會及前代B級冒險者隊伍。

看來現況就是如此。

「情況我明白了。我也發表一下自己的想法吧。」

「噢噢，露露小姐，我一直很想聽聽妳這位現任B級冒險者的意見。雖然妳是冒險者，但當然沒必要顧忌冒險者公會，我們會保障妳的立場。」

「冒險者公會絕對不會這麼做……」

公會長哈洛德皺紋明顯的臉上沁出冷汗，擺了擺手否認。他似乎犯了胃痛，從懷裡掏出藥後，和著杯水吞了下去。

（啊，是哥哥的藥。）

冒險者公會位於北區，身為公會長的哈洛德應該不會特地跑到南邊的平民區買藥。多半是跟雷德買進藥品的醫生開給他的。

不過，發現他有在服用雷德的藥之後，露緹對這個沒什麼擔當的公會長產生了些許好感。

「首先，我們情資不足。」

「情資？」

「第一個是對方的目的。他們在找誰？找那個人做什麼？為什麼要隱瞞？這些全都不曉得。」

「我們當然問過了，只是對方不說而已。」

聽到威廉男爵這句話，後方的媞瑟皺起眉頭。如果把不知道的理由歸咎於對方不說就沒事的話，這世上的外交官們大概可以多放不少假。

然而，在佐爾丹這麼做並不會有問題。因為佐爾丹軍的假想敵充其量只是幾十人左右的盜賊或魔物罷了。

這就是佐爾丹軍成立的目的，外交上的戰爭對威廉男爵而言是完全陌生的領域。

「我來調查。」

「妳、妳要調查？究竟要怎麼做……」

「薩里烏斯王子認為只要拿到教徒名簿就能找到人。名簿上記載的有姓名、出生年月日、年齡、現居地、職業、父母姓名、加護，以及遷移日期；其中的名字和出生年月日可以造假，而且只靠這兩項就能找到人的話，那就不需要用到教徒名簿了。現居地、職業和父母姓名也不是找人時必備的資訊。由此可見，他們只要看遷移日期和加護就能鎖定目標。」

「原、原來如此。」

「另外就是，如果他們掌握的資訊精確到光憑遷移日期就能找到人，那也不需要教徒名簿，直接請政府把遷移紀錄交給他們就可以了，遠比跟教會為敵還要簡單。也就是說，維羅尼亞那邊只掌握到大概的遷移日期，加護才是關鍵所在。」

「不過，單憑加護就能鎖定對象嗎？相同的加護非常多，也不是所有人都會在教徒名簿上申報加護。」

對於威廉男爵的問題，露緹點了點頭。

「正因如此，不知道內情的我們也有辦法鎖定目標。那個人的加護既不是好幾十人都有的尋常加護，也不是『殺人魔（Manslayer）』或『開膛手（Ripper）』這種難以申報的加護，而是稀有的高階加護。例如『冠軍』、『劍聖（Sword Saint）』、『大魔導士』、『教皇』、『十字軍』……這些非常罕見，但可以毫不避諱地記載到教徒名簿上的加護。」

「有道理……！」

再把範圍縮小到非佐爾丹出身的移民，就可以篩選出相當少數的名單。

「我還打算直接去見薩里烏斯王子，若能打聽到零碎資訊也好……而且我懷疑薩里烏斯王子這次的動作是否真是維羅尼亞王國的意思。」

「懷疑？」

「維羅尼亞王國目前在阿瓦隆大陸是孤立的狀態。就算是在任內讓維羅尼亞晉升大國的葛傑李克王，也已經是年過九十的老國王了。由於國家對魔王軍持中立態度而遭到孤立，貴族和國民都惶惶不安，要是再跟教會為敵，恐怕會引發大規模的暴動。他們來佐爾丹要找的那個人值得維羅尼亞這麼做嗎？不惜冒著龐大的風險，就連面對佐爾丹這種邊境小國都不願說明理由，這讓我覺得事有蹊蹺。」

「經妳這麼一說，確實很古怪。」

不知不覺間，特涅德市長、威廉男爵及公會長們都靜靜地側耳傾聽露緹的發言。

露緹還只是一名少女，並不算能言善道。然而，她的發言是源自於長期對抗魔王軍所累積下來的經驗。不知道露緹真實身分的佐爾丹首腦們也從這席話中感受到她的可靠，不再對眼前這名少女的言論存疑。

明明平時的交際能力那麼低落，到了這種場合卻連發言也變得比誰都還要可靠。

真的是個不可思議的人──媞瑟如此感佩著。

「我想看薩里烏斯王子帶來的親筆信，確認上面是否有維羅尼亞王室的印章……」

「沒有親筆信。」

露緹停下動作。

「威廉男爵，沒有親筆信是什麼意思？」

「就是字面上的意思，薩里烏斯王子是口頭索取教徒名簿的。啊，薩里烏斯王子確確實實是本人。我的一名部下原本是其他國家的冒險者，他以前見過薩里烏斯王子，我叫他確認過長相了，錯不了的。」

露緹頭一次看似傷腦筋地垂下眉梢。

接著，她思忖了一會兒。

「這一點我也會調查。十天後回報情況，這段期間請市長以正在說服教會為由爭取時間。明天前我會將幾件想通知教會的事列成清單，再麻煩席彥主教送過去。衛兵隊要提高警戒，避免市民們驚慌或亂傳消息。將軍的騎兵要操練與待命並行，以便薩里烏斯王子襲擊村莊時能立即帶領村民避難。既然海路被封鎖了，陸路貿易交易就變得更重要，各公會要主導公共設施的維護工作。」

「明、明白了。」

「這些事對我來說沒問題！交給我吧！」

本來找不到突破口的會議因為露緹的這番話一口氣運作了起來。只要知道自己該做什麼，公會長們就不再感到迷惘。

「哎呀，沒想到露露小姐還有這方面的才能。像妳這樣的人才若是有朝一日成為佐爾丹的領導人，我也會覺得很放心。」

「沒錯，想加入軍隊的話隨時告訴我，妳一開始就能得到騎士侍從的待遇。我還可以出借兵力助妳奪回被山丘巨人達塔克占領的領地，進而成為貴族。我會以監護人的身分認可妳的爵位。」

特涅德市長和威廉男爵因為露緹的才能而心情大好。

然而——

「不需要，我有我的藥草園。」

露緹表情冷淡地拒絕。

二人沉默了一瞬，隨即笑了笑化解尷尬的氣氛，最後只向露緹表示有任何需要隨時可以聯絡他們。

* * *

會議結束後，露緹和媞瑟離開了議會。

「那我們接下來要從哪個部分做起？」

露緹充滿決心地回答媞瑟的問題。

「去補充哥哥養分。」

「啥？」

「太久沒有談這麼多正事，哥哥養分不夠了。」

媞瑟以為她在開玩笑，但露緹的表情很認真。

「說、說得也是，而且還得去拿劍才行嘛。」

對於露緹一本正經地說出「哥哥養分」這種話，媞瑟忍不住笑了起來。

兩人為了拯救陷入危機的佐爾丹，決定最優先要做的是讓露緹補充哥哥養分，就這樣邁步朝著雷德的店舖前進。

＊　＊　＊

「哦？還發生了那樣的事啊？」

「嗯。」

我一邊聽露緹講事情，一邊把盛著番茄起司麵的盤子放在桌上。

「抱歉都是用剩的東西。」

露緹和媞瑟是準備午休的時候被叫過去，所以還沒吃午餐。

雖說露緹只要使用目前失效的加護技能，隨時都能獲得飢餓和疲勞的完全抗性，讓肉體保持在最佳狀態，但她現在都是放任肚子自然變餓。

吃完我用現成食材煮的麵後，露緹滿足地吁了一口氣。

「哥哥做的料理總是這麼好吃。」

看到露緹開心的模樣，我也露出了笑容。

「我吃飽了。」

露緹把盤子清得一乾二淨，連一丁點番茄都沒剩下。

她用手帕擦著嘴巴周圍，臉上隱約可見一絲幸福。

正當我準備收拾露緹和媞瑟的餐具時——

「餐具我來收拾就好。」

媞瑟輕輕制止我的手，自己動手開始收拾餐具。

「雷德先生和莉特小姐繼續跟露緹大人談事情吧。」

「好，謝謝妳，媞瑟。」

「畢竟這次的事好像藏了些內情。」

說完，媞瑟就去洗餐具了。

這次的事確實有可能成為佐爾丹共和國建國以來最大的騷亂。

我希望能儘量和平解決，不要演變成那種劇烈衝突。

「哥哥怎麼看？」

「這個嘛……我也贊成妳的想法。既然沒有任何正式的外交文件，薩里烏斯王子這次的動作恐怕不是出自維羅尼亞王國本國的命令。不過，阿瓦隆尼亞王國對佐爾丹共和國發布過獨立與保護宣言，他們卻以軍艦進行脅迫式外交。雖然阿瓦隆尼亞王國忙於對抗魔王軍，想必不會為了佐爾丹而對維羅尼亞王國宣戰，但理應會造成外交問題。就算他是擁有王位繼承權的王子，獨斷專行依然會帶來相應的風險。」

「而且薩里烏斯王子的繼承順位很後面吧？」

莉特這麼問，我便點頭答道：

「對。縱使薩里烏斯王子是維羅尼亞國王的長子，在第一王妃米詩斐雅失蹤之後，繼承權就被調換了。第二王妃蕾諾兒的兒子伍茲克王子是第一順位，其弟西爾維里奧王子是第二順位，至於薩里烏斯王子則是第三順位。

維羅尼亞王國的繼承法規定繼承權第一順位者會繼承一切權利，後續再行使新王的權限，將部分領地及財產分配給其他兄弟。對繼承順位下降的薩里烏斯王子來說，這次的動作搞不好會成為伍茲克王子繼位時拒絕分財產給他的理由。」

「這可是……很致命的一點啊。不只是王子，連王子的擁護者都可能被清掉。」

「薩里烏斯王子在佐爾丹發現了讓他願意背負這種風險的價值吧。」

雖然可以做很多推測……不過我並沒有和薩里烏斯王子直接見過面。

維羅尼亞王國。

從前是全世界都嚴加警戒的假想敵國，現在則是迴避跟魔王軍交戰的牆頭草國家。

我還在阿瓦隆尼亞王國的時候，接到的維羅尼亞王國相關情資總會夾帶各種偏見。

「如果是哥哥的話，接下來會怎麼做？」

「我想想喔。」

露緹向我徵求意見，於是我思索了一下才開口說：

「若能去維羅尼亞調查情勢是最好……」

「開飛空艇往返應該只要半個月。」

「真厲害，竟然這麼快啊！但開飛空艇太引人注目了。」

「嗯。」

海路單程大概就要花兩個月以上的時間。

要是飛空艇能夠量產，這個世界的樣貌大概會有很大的轉變吧。

「關於維羅尼亞的情勢，只能請聖方教會分享他們掌握到的情資了。這件事可以交給席彥主教，佐爾丹這邊就著手查出薩里烏斯王子在尋找的對象吧。」

「我已經請席彥主教從教徒名簿中查出擁有罕見加護的人物了。」

「教會那邊就先這樣，妳們想討論的是自己要做什麼吧？」

「嗯。」

「在佐爾丹裡面，有個人知道薩里烏斯王子在找誰。」

「有人知道？」

收拾完餐具回來的媞瑟眼睛微微瞪大地問道。

我笑著答說：

「就是薩里烏斯王子在找的當事人啊。」

「這麼說也沒錯，可是……？」

「包括我們在內，佐爾丹沒有人知道薩里烏斯王子的目的是什麼，所以大家才會又是吃驚又是困惑，然後像這樣聚在一起商量對策。」

然而——

「不過知道薩里烏斯王子是來找自己的當事人就會有不同的反應。要嘛逃走，要嘛躲起來……」

「原來如此。」

露緹點點頭。

「找出反應和其他人不同的人。」

「我的話就會這麼做。」

「謝謝，哥哥果然很可靠。」

露緹從椅子上站起來探出身體，隔桌抱住我的脖子。

「不用我幫忙嗎？」

「嗯，沒關係。哥哥就好好享受自己的慢生活吧。」

放開我後，露緹拿起放在店裡、劍身開著洞的哥布林大劍。

「因為這是我的慢生活。」

說完，露緹臉上泛起笑意。

＊　＊　＊

隔日早晨——

特涅德市長搭乘佐爾丹海軍的帆船，前往薩里烏斯王子所在的軍船。

佐爾丹海軍……儘管是這麼稱呼，但船員都是平時在貿易船或漁船上工作的水手們，根本沒什麼像樣的海戰經驗。

掌舵時為了相互配合所發出的吆喝聲也因為不安而變小。

「這也沒辦法啊。」

特涅德市長拚命不讓自己被那艘愈近愈有壓迫感的巨大槳帆船給震懾住。

就連不太了解船的市長都是這副模樣，具備專業知識的船員們當然更是懼怕不已。船員們很清楚，眼前這艘軍船一旦起心動念，自己這群人就會像一根小樹枝一樣被輕鬆折斷，毫無抵抗的餘地。不過，如果維羅尼亞真的因為一時興起而攻擊的話，屆時後悔的應該是他們才對。

畢竟，這艘船上有人類最頂尖的「勇者」和「刺客」。

「兩位願意同行真是太讓人放心了。」

市長對站在旁邊的兩名女性道謝。

「媞法，以及露……呃，應該叫白騎士，沒錯吧？」

「嗯。」

媞瑟和平常一樣穿著藏有短劍和投擲小刀的輕裝，只有露緹的打扮不同於以往。

她今天穿的是全身鎧，還戴著罩住整張臉的頭盔。

胸前還有獅子紋章。這是不侍奉於任何人，只追求自我鍛鍊和名譽的遊俠騎士所使用的紋章。

（雖然我沒去過維羅尼亞，但對方是大國的王族，可能在哪裡看過我的長相。）

從啟程之際，雷德怕露緹被魔王軍盯上，一直極力避免露緹的臉被畫下來，所以即使露緹是著名人物，卻只有直接見過面的人才知道她長什麼模樣。

出於這個緣故，薩里烏斯王子知道露緹長相的可能性很低，不過慎重起見，露緹還是決定用盔甲把全身遮起來。

她們兩人同行表面上是為了保護市長，真正的目的是想直接見到薩里烏斯王子，親耳聽他說話。

話雖如此，他們現在手上的情資還不足以跟王子交涉。因此，這一趟只是去確認對方的長相。露緹等人也不打算發言，單純以護衛的身分陪同出席。

不久後，佐爾丹的小帆船和維羅尼亞的大軍船靠攏在一起。

槳帆船特有的巨大船槳高高舉到上方，彷彿就像無數斷頭臺，為佐爾丹的船員們帶來更大的壓力。

船上放下梯子，市長、露緹、媞瑟及三名護衛士兵登上軍船。

維羅尼亞的士兵們穿的是背心式鎖子甲。

雖然是輕裝，但穿重裝的話，掉進海裡時會無法游泳。

武器是長約七十公分的短彎刀以及劍格很寬的匕首，背上則掛著弓箭。

士兵們還多套了件皺巴巴的襯衫，避免海上日光把鎖子甲曬到發燙。

媞瑟覺得他們的模樣與其說是正規軍，不如說更像海賊。

「嗨，親愛的佐爾丹朋友，一天沒見了呢。」

船艙裡走出一名年紀看起來是三字頭後半的男人，曬黑的臉上帶著笑容。然而，露緹聽說這位王子的實際年齡有五十歲左右。

「冬天站在甲板吹海風對身體不好，諸位裡面請。」

在男人背後約三步距離的地方，站著一名綁著側馬尾的銀髮美女。她的耳朵很長，被眼罩覆蓋的右眼有一道筆直的縱向刀疤。

「妖精海賊團的黎琳菈菈。」

媞瑟輕聲說道。過去有個由高等妖精組成的罕見海賊團，惡名遠播在外，其名為妖精海賊團。

他們比人類還要冷酷，而且經過多少歲月都不會老，世界各地都留下了這個恐怖名號與相關傳說的紀錄。

葛傑李克背叛前任維羅尼亞國王發動政變時，黎琳菈菈曾率領妖精海賊團協助他殲滅當時的維羅尼亞海軍。戰爭結束後，黎琳菈菈和妖精海賊團要掌握潰散的軍隊簡直易如反掌，因此在登基的葛傑李克麾下，這些長壽的高等妖精至今依然穩坐維羅尼亞的中樞地位。

（雖然可能是替身，但那道傷疤和傳聞中的黎琳菈菈一樣。也就是說，葛傑李克曾經的盟友……維羅尼亞王國的海軍元帥特地來到佐爾丹了？）

媞瑟在市長特涅德耳邊悄聲提起黎琳菈菈的事情，而他聽了臉色煞白。即使特涅德在佐爾丹以精明果敢著稱，這次的事還是完全超出他能承受的範圍。

「放心。」

露緹隔著頭盔對畏懼退縮的市長說：

「不管對方是誰，市長要做的事情都不會變。」

「也、也對。」

露緹的嗓音沒有一絲動搖。這帶給了市長勇氣，讓他重拾佐爾丹最高掌權者應有的態度。

佐爾丹共和國不過是開拓者在邊境建立起來的城邦。然而，國家就是國家。縱使兩國差距明顯，他也沒道理要對一個王子卑躬屈膝。

「那就麻煩帶路了。」

儘管聲音有些顫抖，市長特涅德還是笑吟吟地對黎琳菈菈這麼表示。

＊　＊　＊

薩里烏斯王子、黎琳菈菈和特涅德市長分別在桌子兩邊坐下。

王子背後有兩名高等妖精護衛。妖精那張精緻的容貌遍布刀傷及燒傷的疤痕，有力地彰顯出他們是闖過許多生死關頭的老練海軍。

「那麼，這次帶來的是好消息嗎？」

王子語調和氣，眼神卻像是在看自己的家臣似的輕蔑傲慢。

市長不快地微微攏眉，但依舊保持著笑容。

「關於那件事，教會那邊傳來了強烈的反彈。畢竟是前所未聞的要求，希望您可以多多包涵。我們目前正在努力說服主教，若是能再多給一點時間，相信一定能給您滿意的答覆。主教想必也認得清楚現實，或許只是認為自己必須做出抵抗的樣子吧。

情況就是如此，並沒有任何問題，只要給我們一點時間就能解決。對於維羅尼亞薩里烏斯王子的請求，我們佐爾丹高層當然樂意傾力相助。」

說完這番話後，市長用手帕擦了擦額頭的汗水。

這是因為他說到一半時，王子臉上的笑容消失，面無表情地靜靜盯著他的眼睛。

在壓力之下急遽加快的心跳讓市長感到胸口悶痛，但他咬緊嘴唇不甘示弱。

「原來如此，引起教會反彈了嗎？」

「眼下正在說服他們。」

「所以這是你們想要時間的理由。」

王子用手指輕叩桌面，表情明顯帶著惱火之色；露緹有些疑惑地看著他。

（會引起反彈明明就在意料之中。對方是純論規模可以說是阿瓦隆大陸最大勢力的教會。薩里烏斯身為王子長年置身政壇，不可能不明白這一點。這個動作應該只是在施壓而已。）

露緹隔著頭盔凝視著王子的臉龐。

（……搞不懂。）

她本來就不擅長這種事，沒辦法推測出別人在想什麼。露緹為難地皺起眉頭。

這是露緹在「勇者」加護的影響下，沒能體會到一部分人類情感就長大成人所致，之前三番兩次嚇到媞瑟的時候也是如此，她嚴重缺乏與他人產生情感共鳴的經驗；當然露緹的精神異於常人也是其中一個因素。

更何況，露緹的眼中始終只有哥哥雷德一人，而需要洞悉人情世故的交涉相關事宜都是雷德在負責。直到最近為止，露緹都沒有意識到自己的交際能力其實低到令人絕望的地步。

（反正哥哥懂就好了。）

放棄當「勇者」展開在佐爾丹的生活之後，露緹雖然覺得有必要改善交際能力，卻又甘於現狀地認為雷德一定能懂自己，於是現在決定把所有事情都交給媞瑟處理。

（是是是，我知道啦。）

媞瑟彷彿看透一切似的泛起苦笑，代替露緹觀察起王子。

（他是感到著急了吧。）

理應占上風的王子，內心卻充滿著急。

看來這個人很懂得窩藏心思，現在也是用不快的神色營造出施壓的感覺來充門面。

雖然稱不上談判高手，但應該還是具備一般王族的談判能力。媞瑟如此分析著。

（也就是說，王子那邊在找的人真的意義重大，而且還有時間限制。）

憑這些情資對照雷德昨天說過的話，便能推論出不少事情。

剩下的就是去證實那些推測是否有誤解之處……

（……唔！）

這時，媞瑟感到背脊竄過一陣寒意。

黎琳菈菈用左眼靜靜瞪著媞瑟，那視線貫穿了她。

（突然就衝著我發出殺氣了啊？不愧是當過海賊的人，不對，現在也是海賊吧。）

從黎琳菈菈的視線中感受到的殺意，媞瑟認為那與其說是鋒利的寶劍，不如說是奪走無數人命的染血刀刃。

（不過，剛認識露緹大人的時候比這個可怕太多了。）

想起當時的情景，媞瑟不禁勾起嘴角，但她隨即意識到這樣很危險，便繃緊了神經。

會談似乎在這段時間內結束了。

無論王子再著急，他也不能在這裡恫嚇性地發動強權。因為教會的反彈是預料中的事，佐爾丹當局表示會盡力說服教會已經是最大的讓步了。

黎琳菈菈同意市長特涅德提出下次交涉需要兩週緩衝的意見，王子縱使一臉不滿也只能接受。

佐爾丹這邊暫且如同露緹所想地獲得了找人的緩衝時間。

從維羅尼亞的軍船下來時，一道小小身影輕巧地跳到媞瑟背上。

「辛苦了。」

媞瑟慰勞著單獨調查完船內的可靠小搭檔。

憂憂先生輕輕揮動雙手，彷彿在說：「小事一樁啦。」

＊　＊　＊

木板地被靴子踩得喀喀作響。

那是在船艙內來回踱步的高等妖精黎琳菈菈。

「那個小丫頭是誰？」

黎琳菈菈是擁有「海賊」加護的天生海賊。

她在得到自己的船後成立妖精海賊團，活躍於弗蘭伯格、維羅尼亞與阿瓦隆尼亞三王國，一路伴著血腥的傳奇闖出名聲。

歷經征戰鍛鍊起來的加護等級，她有自信在維羅尼亞王國僅次於海賊霸王葛傑李克之下。

黎琳菈菈的技能「強力印痕」會釋放殺氣使對方恐慌而失去正常判斷力。

她原以為在佐爾丹這種邊境角落，不可能有人的精神力抵擋得住這個技能……

「那個小丫頭中了我的技能不僅沒事，竟然還笑了。」

剛才的視線較勁，只有雙方的劍尖相互碰觸的程度而已。

然而名義上是市長護衛的那名少女，漂亮地斬落了黎琳菈菈傲慢的一擊。儘管是敵人，卻令人不得不佩服——黎琳菈菈不甘心又感佩地嘆了口氣。

黎琳菈菈之所以同意佐爾丹提出需要緩衝期的提議，也是因為她明白了這裡並不如想像中那麼好對付。她覺得有必要仔細調查佐爾丹的英雄們，並擬定對策。

「沒有調查過這裡的居民擁有什麼樣的財寶是我疏忽了。犯下這種失誤簡直是海賊之恥。」

黎琳菈菈揚起嘴角，露出最近都沒出現過的猙獰笑容。

「正合我意。」

她低聲撂下狠話，腦中浮現自己帶來的部下和僱來的某個男人，重新計劃要如何掠奪這個城市。

第二章 打敗溫柔高等妖精的方法

與黎琳菈菈的會談落幕後過了三天。

「我回來了。」

我去參加了商人公會的集會，剛回到雷德&莉特藥草店。

「歡迎回來。」

幫忙顧店的莉特笑著過來迎接我。

「聽說貿易船全滅了。」

這裡的意思並不是指貿易船遭到襲擊。

而是黎琳菈菈的軍船把貿易船嚇得都不敢來佐爾丹了。

和佐爾丹之間的貿易本來就沒有多大的賺頭，通常都是由西往東沿路做生意的商人們把多餘的商品集中拿到這裡販賣。這種生意不值得他們賭上性命也要做吧。

「不過佐爾丹基本上都是自給自足不是嗎？」

莉特接過我的大衣，邊整理邊這麼問道。

「嗯，頂多就是食物、鹽、衣服和木柴之類的東西多少會有點短缺，還有專門賣給富人階層的高級品進不了貨，影響並不大……不過有一個問題。」

「問題？」

「首先，沒辦法取得海產了。」

那些敢一手拿著魚叉對抗海洋魔物的勇敢漁夫們，面對需要抬頭看的巨大軍船會感到畏縮也無可奈何。

「魚啊……雷德做的海鮮燉菜確實很好吃呢。要是再也吃不到了，也未免太讓人難過了吧！」

莉特感到憤慨。

「然後，貿易船不來和沒辦法取得海產這兩件事結合在一起，就會產生一個很嚴重的問題。」

「所謂的問題是……」

「油。」

「啊～的確是這樣。」

莉特理解地點了點頭。

「畢竟佐爾丹使用的油是進口的植物油和海魚製成的魚油嘛。」

佐爾丹會對外出口砂糖，橄欖油和菜籽油等植物油則採進口。

另外也會從海魚身上萃取魚油，但可能是因為魚油帶有腥味，佐爾丹城裡的使用量很少，大部分都是周邊村落在使用。

所以，魚油的生產據點很小，庫存也不多。

而進口的植物油也因為佐爾丹沒有大型商船進出的緣故，即使進口次數頻繁，也沒有大量購置。

所以，植物油的庫存也很少。

油的庫存量少到一旦停止進口和生產就會立刻告罄。

在商人公會的集會上，這一點也被視為最要緊的問題。

商人們要求公會幹部們研擬因應辦法，但幹部們也慨嘆地表示只能先把油集中收購起來由公會統一管理，藉此控制流通量來延緩消耗的速度。

「物資不足可是會直接影響到士氣的啊。」

「嗯，這個我明白。」

莉特經歷過洛嘉維亞守城戰。

她想必也切身體會到物資不足會讓人們多麼不安。

「而且雷德的料理也少不了油……這樣下去，我的士氣會先跌落谷底。」

莉特的表情愈來愈凝重……她在意的是這個嗎？

「不過，食用油確實是個大問題。難吃的飯菜會讓人意識到日常離自己愈來愈遠的事實。」

「用油當原料的肥皂也會斷貨！我可是要為了雷德保持光滑細緻的肌膚耶！」

原來如此，這就很嚴重了。

「啊，雷德的表情認真起來了。」

「沒有什麼辦法嗎？」

我和莉特並肩而坐，一起陷入苦思。

「洛嘉維亞那邊會用橄欖榨油就是了。」

「但佐爾丹周邊沒有橄欖。」

「也對。那走陸路運送呢？」

「油按重量計算的單價太便宜了，應該不可能走陸路運送。」

我們討論來討論去，一直想不到好主意。

「從魔物身上提取獸脂也不行啊……」

「畢竟現有戰力都為了保護佐爾丹而忙得不可開交嘛。」

而且突然狩獵大量魔物也不太好。

特定魔物驟減之後，其他魔物的棲息地就會更接近人類的村莊，這有可能引來危險的強敵。

「唔，再想想吧……」

為了慢慢思考，我準備了茶和餅乾。

我們坐在一起啜飲著茶。

「真好喝。」

莉特呼出一口氣。

「這個茶葉也是進口的吧？」

「我是用進口茶葉混了些山上採來的茶葉。」

「這個要是也喝不到很可惜耶，和甜餅乾明明這麼搭！」

莉特惋惜似的不斷撫摸著裝了茶的杯子。

「砂糖有可能降價就是了。」

「只有糖而已……我覺得甜食一定要搭配不甜的飲料。」

她噘著嘴抱怨。

「雷德乾脆發表油的新配方算了！」

莉特自己說完，又一頭磕在桌上補了句：「這太強人所難了吧……」

不過──

「……倒也不是沒有。」

「有嗎！」

莉特猛然從桌子上抬起頭來。

「我家雷德到底有多萬能呀？」

「呃，也算不上有啦。」

我撓撓頭，對於讓她抱有期待感到抱歉。

「你怎麼吞吞吐吐的？」

「佐爾丹的砂糖不是用椰樹的樹液做的嗎？」

「嗯，洛嘉維亞那邊的原料是甜菜，所以我來這裡聽到樹液能做成糖的時候還覺得很驚奇呢。」

「然後，椰子目前都是被生產砂糖的村子當食物，或者拿去做成漁網。」

「難道也可以當油的原料嗎？」

「嗯。我想可以……應該吧。」

佐爾丹是開拓民建立的城市。

他們對椰樹的用途並不是很了解，知道的相關知識似乎和中央的人差不多。

然而，根據南洋居民的說法，椰樹是能夠提供人類一切必需品的偉大樹木。一棵椰樹可以用來製造水、食物、布、繩索、船以及油……航海必備的物品全都有。

「我是這麼聽說的啦。」

「好厲害！既然知道就早點說嘛。」

「……抱歉讓妳期待了，我懂的就這些而已。我只知道椰子可以用來榨油，具體的工序和需要用到的材料就不清楚了。」

「唔，這樣啊。」

莉特明白地點點頭。

「所以說，我這次真的無能為力了。」

「那我去魔法師公會借一套鍊金工具！」

「咦？」

「我家雷德果然很厲害嘛！」

莉特欣喜地鼓足了幹勁。

「既然都知道這麼多了，剩下就只有做實驗了吧？還得多買點椰子回來才行呢。」

她握住我的手這麼說道。

……也對，不知道很正常，正因如此才要反覆嘗試。

莉特總是可以引導著我前進。

「好，那就試試看吧。」

「嗯！」

莉特一陣風似的奔了出去。

我則留下來繼續顧店。

由於軍船引發人心不安，直到昨天為止賣出了很多藥；但可能是大家東西都買齊了，今天沒什麼客人。我就這樣獨自顧著店。

店內少了莉特之後很安靜，顯得有些冷清。

我試著思考各種從椰子萃取油的方法，卻怎麼也沒辦法集中精神。

「唔嗯……」

不得已之下，我只能承認了。

其實我並不是想要尋找油的精製方法，而是想要和莉特一起尋找油的精製方法。

「唔～簡直就是過得太安逸了啊。」

我露出苦笑，不過作戰和煩憂都是上頭那些大人物的工作，我只是個藥草店的老闆而已，這部分我分得很清楚。

對現在的我而言，和莉特一起做事才是最重要的。

＊　＊　＊

「哎呀，真不愧是莉特小姐！引退後依然是佐爾丹的英雄哪！」

「沒想到還有這樣的製油方法！遊歷世界累積起來的知識教人只能深感佩服啊！」

「請妳務必註冊商人公會！我們很需要妳來當名譽顧問！」

商人們圍繞在莉特身邊，一個個都對她讚不絕口。

我則站在人群外鼓著掌。

我和莉特一起在工作室反覆做了兩天的實驗。

起初我們嘗試像橄欖油一樣直接榨油，但失敗了。

究竟是要加熱還是冰鎮，要融化還是晾乾……

幾經煩惱後，我們決定「全部都嘗試一遍」。莉特甚至使用了身體強化魔法「熊之力」，而我被她的鬥志感染後也振奮起來，通宵埋頭做了許多實驗，這才終於完成了製油配方。

「將椰子果肉碾碎後加入少許焰草粉末裝進桶子裡靜置一小時，接著把浮在表面上的半凝固物體放進鍋子裡加熱，就會變成透明無色的油。最後再把剩下的殘渣過濾掉……這個配方錯不了，我們的鍊金術師試做後也很成功。」

一名商人看著文件說道。

怠惰的佐爾丹公會之所以能夠正常運作，應該就是因為有他這樣態度認真又具有行動力的人在吧。

「只有製作焰草粉末的時候才要用到技能，油的精製本身誰都能做。如果使用的椰子是更適合用來製油的種類，說不定連焰草都不需要呢。」

「雖然細究配方很有意思，不過現在能實際做出椰子油就已經很好了。沒想到這麼簡單就解決了其中一個物資不足的問題啊。」

聽到我的補充說明，商人欽佩地點點頭，朝我伸出手。

「雷德先生，真的非常謝謝你。如今的佐爾丹能有你這樣的人才在，對公會來說實在很值得慶幸。」

商人這麼說完，露出了笑容。

* * *

收在懷裡的錢包好久沒有這麼暖呼呼又沉甸甸的，我笑嘻嘻地走在回店鋪的路上。

不過，以公開需求量龐大的新商品配方而言，收取的報酬或許稍嫌少了些；但被阻斷交易導致收入驟減的並不是我，而是那些商人。

反正油的生產和流通都全權交由他們負責，我收下這些錢就足夠了。

順帶還能免繳五年的會費作為對商人公會的特別貢獻獎勵，跟公會借的開業資金也全部一筆勾銷，簡直想大呼萬萬歲。

「所以我很滿足了，妳別噘嘴不高興啦。」

「哼～」

莉特一臉難以接受地賭著氣。

「明明雷德這麼厲害，他們卻只顧著誇我……這我不能接受！」

「沒關係啦，還是有懂的人在。」

「雷德應該再多向大家展現自己的厲害之處啊！」

「我姑且還是以低調生活為主啦。」

「可是！我就想和你一起接受大家的誇獎嘛！」

莉特會賭氣就是因為這一點。

她覺得既然是兩個人的功勞就該一起接受稱讚，因而感到火大。

「我很開心看到大家這麼尊敬莉特喔。」

「但我本來也想讓大家知道雷德有多厲害嘛！」

「啊哈哈，抱歉啦。不過對我來說，只要妳知道就夠了。」

「唔……」

莉特用方巾遮住嘴巴，無言地瞪著我。

那張臉龐泛起淡淡的紅暈。

「你又想用這種方式逗我開心來蒙混過關。」

莉特這麼說著伸出右手，而我握住了它。

「這可是我的真心話喔。」

「我知道啦……真是的。」

莉特放棄似的笑了笑。

「那就再讓我獨自誇耀雷德一段時間吧。」

莉特自己這麼說完就害羞起來，於是我們就這樣手牽著手走回家。

＊　＊　＊

隔天，我和莉特在藥草店忙到傍晚。

「今天早點打烊吧？」

等到上門的顧客變得稀稀落落的時候，我就對莉特這麼提道。

「可以呀，你有其他要事嗎？」

「我打算去找亞蘭朵菈菈，跟她請教一下採椰子的建議。」

椰樹至今在佐爾丹的主要用途都是將樹液加工成砂糖，只有提供給村子裡食用和需要加工成網子的時候才會採下相應數量的椰子。

然而，要製成油就必須大量採摘，採多少才不會造成椰樹滅絕這種問題去請教植物專家亞蘭朵菈菈絕不會有錯。

「說起來，她一開始每天都會過來玩，卻在冬至祭之後就沒再來過了呢。」

「其實我對這件事也有點在意。以亞蘭朵菈菈的個性來說，應該會連續好幾天都過來玩才對。」

「那我們得趕緊把工作做完才行呢。」

說完，莉特迅速地清點起營業額。

她對這個工作已經駕輕就熟，可以放心交給她。

剛開店那陣子，莉特做事還沒有這麼俐落。

我們在夏天的尾聲重逢，而現在冬至已過。

我和莉特都完全習慣藥草店的工作。

「我這邊好了。」

「我也快做完了。」

這樣一來，今天的工作就結束了。

「今天也辛苦了。」

「雷德也是。」

我和莉特用雙手擊掌後，抱在一起轉圈圈。

今天就是想這麼做。

「莉特要去嗎？」

「我當然要去嘍，亞蘭朵菈菈是朋友嘛。那我去換衣服，你等一下喔。」

莉特說完笑了笑，接著便快步走向寢室。

＊　＊　＊

佐爾丹西側港區——

對邊境小國佐爾丹而言，這裡是跟外國連結的唯一窗口。

「船好多喔。」

但並不是代表有很多船進港。

而是本該出海行商或捕魚的船都還留在港口。

「貿易和捕撈海產果然都行不通啊。」

「畢竟佐爾丹是頭一次遇到那種巨大的軍船嘛。」

雖然從我們步行的地方看不到，不過只要搭船往河川的方向稍微前進一點，應該就能看到停在海上的維羅尼亞槳帆船。

儘管是八十年前設計的舊型船，卻是現役的戰艦，如今仍然以身經百戰的海上強者之姿君臨海戰。

在佐爾丹航線上出沒的小海賊船是用商船改造的，根本無法相提並論。

「雖說對方並沒有宣戰，但只要他們想的話，要捉拿佐爾丹的船隻可說是易如反掌。那種大傢伙停在海上會引起不安也是正常的。」

我們走了幾步後，路邊酒館傳出閒著沒事做的船員們喝醉的歌聲。

伴隨著不斷走音的難聽背景音樂，我和莉特走在黃昏的道路上。

倒映著豔紅夕陽的河川很漂亮，依然是一幅和平的景色。

亞蘭朵菈菈住宿的旅館就在船員們聚集的酒館前方。

「我還是第一次來到這附近。」

我有點驚奇地說道。這片區域幽靜得彷彿港區那片喧囂是假的一樣。

小河潺潺流過、樹木隨風搖曳，像是一座小小的公園；有三間旅館座落在這裡。

「那是精靈使專用的旅館。」

莉特說道。

「畢竟加護能夠感知海洋和風暴精靈的人，會成為船員也不稀奇。」

「我記得王都也有個私掠船的船長擁有『風暴德魯伊』的加護。」

他是個身材纖瘦的文雅男子，感覺會說自己的興趣是休假日去森林彈豎琴、與小鳥嬉戲之類的傢伙。

然而，那個文雅男子卻是私掠艦隊的提督，率領著四十艘船的大艦隊。

根據船員的說法，他在海上冷酷無情又殘暴，是個會滿不在乎地說出「人手不夠了，你去附近城鎮綁幾個人回來」這種話的惡霸。

我和他幾乎沒有交集，所以並不是很清楚，不過他殘暴的一面在軍中也被視為一個問題。

莉特的加護「精靈斥候」也可以使用精靈魔法，她正一臉舒適地眺望周圍的景色。

這片區域會保留原始森林，是為了讓精靈使的心靈感到平靜祥和吧。

我們在樹林中前進，打開宛如深山森林小屋的旅館門扉。

＊　＊　＊

「亞蘭朵菈菈不在呢。」

莉特說道。

我和莉特坐在樹蔭下吃著剛才從旅館那裡收到的蘋果。

蘋果清脆爽口，酸酸甜甜的很好吃。

「竟然一句話都沒對我們說就換了旅館。」

亞蘭朵菈菈人不在這裡，據說冬至祭隔天就退房了。

旅館老闆娘也不曉得她去了哪裡。

「怎麼辦？」

莉特把吃剩下的蘋果核丟進垃圾桶，然後對我這麼問道。

「我想去找亞蘭朵菈菈。」

我也丟掉蘋果核答道。

亞蘭朵菈菈一句話都沒說就消失實在很奇怪。

「她該不會被捲進什麼事件了吧？」

「我覺得應該不是。」

我思索了一下回道：

「要是被捲進了什麼事件，她應該會跟我們說一聲才對。」

「或許是來不及通知我們吧。」

「以亞蘭朵菈菈的能力，就算沒辦法直接告訴我們，照理說也能留下一些訊息。」

亞蘭朵菈菈的加護「木之歌者」可以跟植物溝通並加以操縱。

從周遭的樹木到路邊的不知名小草，一切都能成為亞蘭朵菈菈傳達訊息的手段。她具有這樣的力量。

「我覺得亞蘭朵菈菈是自己主動插手了什麼事件。」

「自己主動插手？那也可以把換旅館的事告訴我們呀。」

「唔……她在這方面的個性很麻煩。如果她是被捲進去的話，就會跟我們說她被捲進了事件但不用擔心她……」

「那如果是自己主動插手呢？」

「主動插手的話，她就會獨自默默解決掉那件事，不給我們添麻煩。」

「這樣啊……」

莉特露出苦笑。

「我倒是希望她能跟我們商量呢。」

她這麼嘀咕道。

「我也是相同的心情。總之就是因為這樣，我打算去找她。暫且不論要不要幫忙，至少可以聲援一下。」

「我懂她不想讓朋友擔心的心情，但我還是會感到擔心啊。最重要的是，我也想見到她。」

「就是說啊，我們一起去找她吧。」

「不過，你有什麼頭緒嗎？」

「唔……只能一個一個打聽了。」

如果亞蘭朵菈菈離開那間旅館時刻意不留下痕跡的話，莉特施展「精靈斥候」的力量大概也無法追蹤到她。

我的「引導者」當然就更不用說了。

「幸好亞蘭朵菈菈來佐爾丹才沒幾天而已，交友圈應該很小。」

「說得對，我們可以從這方面著手。」

「那麼……先去莫格利姆那裡看看吧。」

我站起身，準備前往莫格利姆開在平民區的鍛造店。

這時，有三個男人朝我們這邊走過來。

「嗯？」

我和一個男人對上視線。對方有著凶龍一般的眼神。

「你好。」

我打了個招呼，目光如龍的男人直勾勾地盯了我一下，接著稍微用眼神致意之後就走掉了。

他們好像要去我們剛離開的那間旅館。

「莉特，我們在這裡再休息一下吧。」

「可以啊……不過那些人是？」

男人們打開門走進旅館。

「是高等級『刺客』加護的持有者。我想應該高於40級。」

「40級以上的『刺客』加護？這遠遠比亞爾貝和迦勒汀還要強耶！」

莉特壓低嗓音驚呼道。

「那幾個想必不是佐爾丹人吧，應該是從外地來的。」

「會是殺手公會的殺手嗎？」

「聽說殺手公會確實會網羅擁有『刺客』加護的人才，但不一定所有『刺客』都會加入。沒辦法斷定他們的隸屬組織。」

「這麼說也對。不過……跟維羅尼亞的軍船脫不了關係吧？」

「在資訊不足的情況下斷定很危險，只是佐爾丹平時幾乎不會有軍艦來襲，又出現了高等級的『刺客』，這兩者有關聯的可能性更高。」

「再加上亞蘭朵菈菈主動插手的問題，以及來到亞蘭朵菈菈住宿處的『刺客』。」

「這一切可能都有關聯。好啦，看來那些人並不是來旅館作亂的……」

我觀察了一下動靜，旅館裡並沒有發生爭執，感覺很平穩地在交談。我原本留下來是怕那些人會鬧事，幸好只是白擔心一場。

「他們好像要出來了。」

莉特小聲說道，並對我伸出了手。

我握住她的手，跟她就這樣手牽手走出這座小森林。

我們假裝是來欣賞森林風景的情侶……不對，我們本來就是情侶，所以舉止相當自然地離開了這裡。

＊　＊　＊

雖然找那個「刺客」打聽消息也是一個方法，但還沒掌握好現狀，這麼做的風險太高了。還是先逐一去跟認識的人打聽看看吧。

於是，我和莉特回到平民區後，打開了莫格利姆鍛造店的門。

「噢，是雷德和莉特啊，歡迎光臨。」

坐在櫃檯的莫格利姆看到我們，便晃著鬍子笑了笑。

現在已經過了營業時間，不過莫格利姆的店在這個時間還是會受理研磨之類的保養工作。這間鍛造店的顧客不只有冒險者和士兵，木匠和工藝師也經常在工作結束後把作業工具帶過來。

「怎麼啦，劍又斷了嗎？」

「講這什麼難聽的話，我的劍又沒有很常斷掉！我是要問亞蘭朵菈菈有沒有來過你這裡啦。」

「嗯？那個古怪妖精嗎？」

莫格利姆牙齒外露，擺出嫌惡的表情。

原以為他們一起旅行過後關係應該變好了，不過看來妖精和矮人果然還是看彼此不順眼。

「高等妖精怎麼可能來俺這裡啊！」

「矮人明明可以跟半妖精正常相處，遇到高等妖精就水火不容了啊。」

「那是因為半妖精不會態度傲慢惹人煩，也不會生起氣來就不知分寸，跟人類沒什麼兩樣嘛。」

半妖精的性情確實跟人類無異。佐爾丹的妖精幾乎都是半妖精，所以我從來沒看過鍛造店發生過什麼衝突。

少數住在佐爾丹的高等妖精也不會特地來矮人開的鍛造店吧。

像我的朋友岡茲雖然外表是俊美的妖精，但內在就是個普通大叔。

「這樣啊，她沒來過嗎？」

「嗯，沒來過……不過——」

莫格利姆忽然想起什麼似的嘀咕道。

「戈德溫那傢伙說，他在冒險者公會跟亞蘭朵菈菈還有米絲托慕談過幾句。」

「戈德溫和米絲托慕？」

我本來打算接下來就要去找這兩個亞蘭朵菈菈為數不多認識的人，沒想到會在這時候聽到他們的名字同時出現。

＊　＊　＊

「很好，你們明天可別睡過頭了啊！」

「是！」

聽到戈德溫的話，三個看起來品行不怎麼好的工人們都精神抖擻地點了點頭。

三人開始收拾東西準備回去之際，戈德溫朝我們走來。

「抱歉、抱歉，讓你們久等了。」

「不會，畢竟是我們在你工作的時候突然過來，別放在心上。」

「也對啦。」

戈德溫絲毫沒有歉意地笑了笑。

見狀，我也忍不住跟著笑了起來。

「已經準備好要做生意了嗎？」

「對啊。」

這裡是北區的倉庫。

讓戈德溫忙到傍晚的，就是載滿一袋袋玻璃的運貨馬車。

將佐爾丹、祖各聚落及寶石巨人串連起來的貿易路線即將開通。

「我本來還在擔心維羅尼亞王國軍船的事情會害你湊不齊護衛呢。」

「其實有一半以上說好會來幫忙的冒險者都跑了，我真的很慌張啊。後來去找了在盜賊公會坐冷板凳的老夥伴，這才總算湊齊了人手。」

「畢格霍克派的餘黨喔？那些人信得過嗎？」

「雖然全是些沒有仁義可言的混蛋，但只要給錢就不成問題。他們也很清楚自己在盜賊公會已經沒有未來，還不如跟我一起做生意。」

不同於在公會當畢格霍克心腹的時候，戈德溫現在看起來容光煥發。難道在盜賊公會做的工作一直令他飽受良心苛責……從他以前的個性來看，想必不可能吧。

是最近發生的事情改變了他的價值觀。

「那麼戈德溫，我們找你是要問亞蘭朵菈菈和米絲托慕婆婆的事情。」

莉特說道。

「我們正在找亞蘭朵菈菈。聽說你在冒險者公會見過她們兩人，能告訴我們詳細情況嗎？」

「這次換你們在找亞蘭朵菈菈啊？跟之前那次反過來了耶。」

「亞蘭朵菈菈一句話都沒說就換了旅館，我們覺得她可能跑去插手其他事件了。」

「雖然發生在佐爾丹的任何事件對那位亞蘭朵菈菈來說大概都不是問題，但畢竟還有維羅尼亞的軍船在啊。只不過我忙著準備做生意無法分神，對軍船那件事也不太了解就是了。」

「露緹、媞瑟和憂憂先生已經在調查軍船的事了。」

「既然有他們出馬，那就不用擔心啦！」

戈德溫放心地笑道。

「你們想知道亞蘭朵菈菈的事吧？其實我也只是在冒險者公會跟她稍微打了個照面而已。」

「說得詳細一點。」

「我看到亞蘭朵菈菈的時候……是冬至祭的隔天早上。雖說是在冒險者公會見到她，但並不是在冒險者聚集的大廳裡。

我那天去公會是要討論冒險者護衛的事情。在米絲托慕大師的介紹下，我直接和公會長哈洛德談了這件工作。除了他之外，幹部迦勒汀和衛兵隊的副隊長凱文也來了。為了我這椿生意出動這麼多人，嘿嘿，很了不起吧？然後，因為這樣呢，我們就去公會裡側的房間談事情……不過，談的內容幾乎成一場空就是了。」

「你在那裡見到了米絲托慕婆婆嗎？」

聽到我這麼問，戈德溫點點頭。

「對啊，事情差不多談妥的時候，有個職員匆匆跑進房間，報告說『米絲托慕大師來了』。我想那個職員本來只想告訴哈洛德和迦勒汀吧，但太過心急導致在場所有人都聽到了。然後他們兩人就準備起身離席。」

「這也是早上的事嗎？」

「對，是早上。雖然我沒看時鐘，但應該還不到十點啦。」

冬至祭隔天就是我們去釣魚的那天。

我記得是在中午過後看到維羅尼亞的軍船。

聽說薩里烏斯王子是第二天才過來接觸，但如果接獲巨大軍船駛近佐爾丹的通報，衛兵隊和冒險者公會的高層理應會緊急召集人員。

如此一來，衛兵隊根本沒空商談戈德溫的生意，所以可以推論當時軍船的事還沒有傳開。

「然後，要不是有米絲托慕大師，我也沒這樁生意可做，按理來說我該向她道個謝才對，於是我就跟著離席了。結果在場其他人也一個個站起來說要去跟米絲托慕大師打招呼，迦勒汀那傢伙還生氣了。」

想起當時的情景，戈德溫笑了出來。

「被那張凶神惡煞的臉一瞪，衛兵隊的副隊長也像隻貓一樣縮了回去。我就趁機催哈洛德趕快走出房間，跟他們一起去見米絲托慕大師了。」

「原來如此。」

「看到亞蘭朵菈菈也在真是嚇了我一跳啊。在我被嚇得有點退縮的時候，迦勒汀跑過來跟米絲托慕大師談了兩三句，然後他匆匆跟哈洛德打聲招呼後，就跟她們兩人一起出去了。」

「迦勒汀也一起走了嗎？」

與其說跟冒險者公會有關……感覺更像跟迦勒汀個人有關。

「那接下來就去冒險者公會吧。」

「啊，等等。」

我聽完之後準備起身，這時戈德溫叫住了我。

「既然媞瑟和憂憂先生介入了維羅尼亞的事情，麻煩你幫我轉達幾句話。」

「怎麼了嗎？」

「去召集從前的夥伴時，我聽到了不太妙的消息。」

「不太妙的消息？」

「對。聽說佐爾丹高層中有部分人士主張應該接受維羅尼亞的要求，還招攬了曾經當過畢格霍克手下的盜賊們。」

「招攬盜賊啊？」

「雖然我覺得憂憂先生絕不可能被打倒啦，但保險起見還是幫我轉達一下吧。」

看來戈德溫很擔心憂憂先生他們。

他果然跟以前不一樣了。

＊　＊　＊

佐爾丹北區是遍布農地的區塊。

在佐爾丹之中，北區的面積最大，然而居民並不多。大部分土地都是種著一整片蔬菜和小麥的農園。露緹的藥草農園也是租用北區的土地。

至於冒險者公會怎麼會設立在北區，其中一個原因應該是很多委託都是要解決農場發生的問題吧。

佐爾丹的城牆只是徒具形式的圍牆，輕輕鬆鬆就能爬上去，不時會有盯上農作物和居民本身的魔物或動物闖進來，所以為了能即刻解決這些問題，便把公會設立在這裡。

不過，或許是暴風雨的災害導致數量難以增加，佐爾丹周邊魔物的加護等級一般都很低。

畢竟魔物的等級是透過弱肉強食的生存競爭來升級的。

天生具備強壯肉體或強大特殊能力的魔物會在成長過程中殺死大量生物，使加護等級提升。

若是在自然災害導致生物數量減少的地區，要嘛出現足以戰勝災害的強悍個體，要嘛就像佐爾丹一樣靜待災害過去，造就出自始至終都很和平的地區。

由於佐爾丹擁有安定的環境，冒險者公會之所以設立在北區，搞不好單純是繁忙時節可以動員冒險者幫忙務農。

「這不是莉特小姐嗎！好久不見呀！」

一看到莉特，坐在公會櫃檯的女性便激動地揚聲說道。

「露易絲，好久不見。妳過得好嗎？」

「嗯！不過，莉特小姐引退後就沒有人願意接困難的委託了。畢伊先生常常搞失蹤太折騰人了，然後露露小姐她們的主業是經營藥草農園，不接長期委託。」

「抱歉啦。」

「啊，不會，我才該道歉，一不小心就發起牢騷了。畢竟有莉特小姐在的那段時期真的很不一樣嘛。」

名叫露易絲的公會職員對莉特投以熱情的視線。

看來她是英雄莉特的粉絲。

「啊，請問，莉特小姐今天來有什麼貴事嗎？」

大概是回過了神，露易絲紅著臉詢問我們的要事。

「我是來找迦勒汀的，他在公會嗎？」

「不好意思，迦勒汀大人去教堂了。」

「教堂是指席彥主教那裡嗎？」

「是的。」

會是去商量薩里烏斯王子的事嗎？

不，比起這個……還有個可能性。我在莉特背後陷入思索時，露易絲用滿懷期待的表情對莉特說：

「難道說，莉特小姐也是來接洽維羅尼亞軍船的相關委託嗎？」

「咦？沒有啦，我只是在找一個朋友而已。」

「這樣啊……如果英雄莉特願意復出的話，那可就令人信心大增了。」

露易絲沮喪地垂下肩膀。

「對不起啦。不過，露緹需要幫手的時候，我和雷德都會幫忙。」

露易絲的表情瞬間開朗起來。

「太好了！其實我也覺得很不安。維羅尼亞國王是那個海賊霸王葛傑李克，他的惡名連佐爾丹都知道，一想到那艘船上的人有多可怕……可是，現在的B級冒險者有露露小姐她們、英雄莉特，以及迦勒汀大人他們的前代隊伍！佐爾丹歷代最強冒險者們都出動了！根本沒有跨越不過的危機吧！」

看著愈說愈大聲的露易絲，莉特露出有些害羞的模樣。

「妳說迦勒汀他們的前代隊伍也在？」

我從後方問道。

「啊，是從我們這裡搶走莉特小姐的雷德先生。」

「咦？喔，這真是不好意思……呃，迦勒汀他們也以冒險者的身分出動了嗎？」

「是的，正是如此！公會的事都交由哈洛德會長負責了。其他還有席彥主教、摩恩隊長，以及佐爾丹的守護者米絲托慕大師。前代B級隊伍再次集結了！雖然這件事好像必須保密，但告訴莉特小姐應該沒關係！」

「米絲托慕婆婆也在？」

據說米絲托慕婆婆和亞蘭朵菈菈在一起。

儘管她已經因為高齡而引退，不過我和莉特都很清楚她的實力依然堪稱佐爾丹最強的魔法師。

在佐爾丹面臨危機之際，引退的英雄們挺身而出也很合理就是了。

「還是有點想不透耶。」

「就是說啊。」

我和莉特互看彼此這麼說道。

＊　＊　＊

周遭完全暗了下來，太陽即將沉入地平線。

我和莉特並肩走在中央區的道路上。

「關於米絲托慕婆婆為了佐爾丹復出的事情，你怎麼看？」

「英雄要拯救國家的時候不該在私底下偷偷來。一定要舉高劍、大聲報上名號，光明正大地出擊。就像露緹這次主掌議會一樣，英雄要成為己方的支柱。沒辦法堂堂正正站出來的話，感覺背後有什麼不可告人的目的。」

「的確是這樣沒錯。」

莉特點頭同意我的看法。她也是挺身拯救自己國家的英雄，比我這個「引導者」更清楚自己盡到了哪些職責。

「話說回來……」

走在整修中的中央區道路上，我嘀咕了一句。

「像這樣到處尋找什麼的狀況，讓我想起了往事。」

「往事？」

「就是跟露緹一起旅行的時候。當時我也常常四處奔波，憑靠得來的消息不停在街上徘徊。」

雖說是勇者之旅，但並不盡然是光鮮亮麗的戰記。

尤其是剛啟程那陣子，自稱是傳說中的勇者通常只會得來訕笑。

因此，一開始的基本方針是藉由解決當地問題來換取實績與信賴。況且魔王軍的間諜部隊也混在人群中，為了擾亂人類的團結而在暗中搞鬼。

我們隊伍的專長是戰鬥，搜集情資時自然只能慢慢找人探聽。

「在亞蘭朵菈菈加入後，我們才比較像支傳說中的勇者隊伍，能透過植物一口氣搜集情資，很多厲害的事都做得到了。」

「我記得你在洛嘉維亞也說過你們不擅長調查。」

那是我們和莉特他們分別調查山村時的事。

「真想再嘗嘗當時吃到的保久餅乾呢。」

「這樣啊，那下次再做吧。」

莉特懷念地笑了笑。

「雖然莉特那時候讓我們吃了不少苦……但洛嘉維亞已經算好了。畢竟你們認可露緹的實力，只是想靠自己保衛國家罷了。最一開始連阿瓦隆尼亞王國內的領主都以為露緹是欺騙國王的假勇者，相當露骨地表現出他們的厭惡。」

「哇……那還真是麻煩呢。」

「露緹明明是被迫成為勇者的，想幫助別人卻又被對方懷疑是假勇者而拒絕，這真的讓我很不甘心。」

回想當時的情景，我深有感觸地說道：

「而且遭到惡言相向的露緹也很可憐。」

「並沒有那樣的事。」

「露緹！」

突然出現的露緹朝我懷裡撲了過來。

我連忙接住她。

「我不在乎其他人怎麼說我。哥哥那時候為我生氣讓我覺得很開心。那是一段寶貴的回憶。」

這麼說完，露緹用力抱緊我。

「謝謝哥哥。」

她邊說邊在我懷中露出微笑。

「不客氣。既然對妳來說是一段美好的回憶，我也覺得很開心。」

「那我就更開心了。」

露緹高興地再次用力抱了我一下，然後才依依不捨地放開。

「露緹怎麼會來這裡？」

「我在找摩恩。聽說他在教會，我正要往那裡去。」

「這樣啊……我們正在找亞蘭朵菈菈。」

「找亞蘭朵菈菈？」

我將事情的來龍去脈告訴露緹。

「原來如此，所以哥哥你們才會在前往教堂的路上啊。」

「如果摩恩也在，就表示前代B級隊伍如同傳聞一樣集結起來了嗎？」

「在這種緊急情況下，迦勒汀和摩恩都不在太奇怪了。」

「露緹說得對，而且他們都支持佐爾丹要反抗維羅尼亞。這兩個當事人撇下率領組織的立場跑回去當冒險者，這種舉動我也覺得很奇怪。」

「對了。」

莉特環視周遭後問：

「媞瑟沒跟妳一起嗎？」

「嗯，我讓媞瑟去盜賊公會了。維羅尼亞的間諜可能早就潛進佐爾丹了，所以請盜賊公會協助調查。另外也有叮囑他們不要因為過度懷疑而傷害到不相干的人。」

「真不愧是露緹。」

「得到哥哥的誇獎了。」

看到露緹開心又羞澀的模樣，我和莉特都揚起微笑。

在別人的眼中大概看不出她的表情變化吧。

然而，露緹看起來是發自內心地享受著這些獲得解放的感情。

歡笑、害羞，偶爾生氣，然後再次歡笑。

露緹愈來愈像個可愛的女孩子了。

＊　＊　＊

佐爾丹中央區的教堂──

穿過氣派的拱門後，教會的神父正在裡面講述教義，鼓勵那些感到不安的人們。

「這不是露露小姐和莉特小姐嗎？雷德先生也來了呀。」

門口旁一名年紀尚輕的僧侶小聲向我們打招呼。

「幾位也是來向戴密斯大人獻上祈禱的嗎？」

「不是的，我們聽說摩恩和迦勒汀在這裡。」

「啊，原來是這樣啊。我明白了，請隨我來吧。」

僧侶點頭行禮後，便帶我們走向左邊的門。

莉特有些傷腦筋地苦笑起來。

「雖然這樣對我們來說很方便，但不先傳達一聲就帶我們過去沒關係嗎？」

「佐爾丹的教會似乎一向秉持來者不拒的原則，可能沒有事先詢問席彥主教或迦勒汀是否可以帶人進去的習慣吧。要是害人家捱罵的話，我們幫忙緩頰就是。」

「嗯，說得也是。」

從祭壇所在的主殿走到中庭，接著再沿著廊道前進，我們便走進了一棟建築物，裡面設有僧侶們日常使用的小教堂、供住在教堂的僧侶們生活的宿舍以及會議室等辦公的場所。

不同於大教堂是從中央聘請建築師和工藝師，花掉佐爾丹人聽了會嚇暈的費用打造而成，這棟建築物聽說是岡茲的曾祖父設計的，在佐爾丹隨處可見這種風格。

於會議室的隔壁再過去的房間。

為我們帶路的年輕僧侶敲響厚重的橡木門。

「主教大人，露露小姐、莉特小姐及雷德先生來訪。」

門內的氣氛一下子躁動起來。

我們突然來訪果然讓他們很驚訝。

「……是莉特小姐他們嗎？請進吧。」

門內傳出說話聲後，年輕僧侶用雙手拉開門。

這是一間沒有窗戶的小房間，中間有一張樸素的圓桌。

周圍擺著四把椅子，還有小祭壇和打坐專用的墊子。

壁架上排列著魔法藥水，旁邊則放著武器和保養工具。

眼角餘光可瞥見門的內側黏著鉛板。

壁紙下面大概也一樣吧。這是用來提防透視和遠視之類的占術。

「原來如此，這裡就是你們的據點嗎？」

「對，沒錯。雖然很久沒使用這裡了，但每天都有打掃，看起來沒什麼灰塵吧？」

「的確是很乾淨的房間，只是感覺夏天會很熱。」

「哈哈哈！摩恩以前就很愛抱怨這一點呢。」

「別把我年少輕狂時的事情拿出來講啦。」

經席彥主教這麼一調侃，摩恩露出了苦笑。

在房裡的是摩恩主教、冒險者公會幹部迦勒汀和衛兵隊長摩恩這三人。

儘管交談時態度友善，他們三個對我們投來的視線卻相當銳利。

房內因為不速之客的來訪而飄蕩著難以掩藏的危險氛圍。

「那麼我先退下了。」

年輕僧侶看似渾然未覺，只見他笑著彎腰行禮之後，便踏著輕快的步伐離開了。

「唉。」

席彥主教嘆了口氣。

「你不要對他生氣。莉特和露緹在這種時候過來，他當然會認為我們也是你們叫來討論事情的不是嗎？」

「他的無知是我教導不周的責任。我會加以提點，不會罵他出氣。」

席彥主教那張敦厚的臉龐浮現笑意。

「歡迎來到我們的老窩。很高興當代的英雄們能光臨這裡。」

聽到席彥主教的歡迎話語，莉特聳了聳肩。

「我們之間沒必要試探來試探去的吧。我和你們都是佐爾丹的冒險者。」

「確實如妳所說，我們都是懷著相同目標的同志。那麼，你們今天有何貴事呢？」

「我是來找摩恩討論衛兵隊的配置和演習計畫。」

露緹看著摩恩說道。

「啊，可是，這些事我已經交給副隊長凱文負責了啊……」

「凱文還不行，知識和經驗都不夠。衛兵隊應該由摩恩親自指揮。」

「但凱文也做了十足的訓練……」

「不夠。」

露緹目不轉睛地盯著摩恩。

摩恩受到威懾，表情出現了動搖。

「最重要的是，凱文對於佐爾丹陷入前所未有的狀況你卻不在現場而感到不安。而且所有衛兵都有相同的感受，士氣明顯很低迷。」

「唔、唔嗯……」

無法反駁的摩恩求助似的看向迦勒汀和席彥主教。

迦勒汀苦笑著點點頭，同時開口說道：

「露露說得沒錯。雖然摩恩在我們裡面年紀最小，但你和我不一樣，衛兵隊長是組織的領袖，也是守衛佐爾丹的核心人物。這次只能讓你分頭行動了。」

「什！慢著，迦勒汀！」

摩恩連忙抗議起來。

看到摩恩這副模樣，我肯定了自己的推測。

「薩里烏斯王子在找的人就是米絲托慕婆婆吧？」

席彥主教等人的眼神驟變。

發現迦勒汀握緊拳頭，莉特一條腿往後踏，擺出隨時可以施展踢技的姿勢。他的反應相當於承認了我的推測吧。

這次換摩恩嘆了口氣，然後抓住迦勒汀的手臂。

「先等一下，迦勒汀。你身為公會的幹部，難道打算跟旗下的冒險者起爭執嗎？」

我們和摩恩的關係因為埃德彌的事而熟稔不少，所以他即使有所戒備，但並沒有採取備戰架式。

無論如何都不會出手；他似乎是這麼想的。

當然我也一樣。

「為什麼你會認為薩里烏斯王子在找的人是米絲托慕呢？」

席彥主教看著我的眼睛問道。

「摩恩不惜放棄職務也要回去當冒險者的理由，只能是家人或夥伴了吧。」

「原來如此。」

席彥主教認命似的笑了笑。

「雷德，我從迦勒汀、摩恩和米絲托慕那裡耳聞過你的事蹟。聽說你的氣場不會輸給英雄莉特和露露，看來我也得認同這件事了。」

「呃，你們好像在戒備著什麼，但我和莉特只是在找亞蘭朵菈菈而已。」

「找亞蘭朵菈菈小姐？」

「聽你這說法，果然已經跟亞蘭朵菈菈見過面了吧？」

「我們三人都是昨天才第一次和她交談。原來如此，因為這個原因你們才會找到我們這裡來啊。」

「我們本來不打算插手你們那邊的問題……然而前陣子畢竟承蒙了米絲托慕婆婆的照顧。」

「你們去了一趟『世界盡頭之壁』沒錯吧？真是的，回來之後我得知這件事時嚇了一跳。還以為她早早引退後一直很安分，沒想到竟然參與了那麼危險的旅行。應該找我這個老夥伴一起去才對啊。」

「米絲托慕從以前就是這樣啊。」

聽到席彥司教的這番牢騷，迦勒汀展顏一笑這麼回道。

可以從他們身上感受到對夥伴的強烈友愛之情。

亞蘭朵菈菈一定也是在看到他們對米絲托慕的感情後產生了好感……就像現在的我一樣。

「總之，至少我們是不會出賣米絲托慕婆婆的。」

「謝謝，有你這句話就足夠了。」

席彥主教看向迦勒汀和摩恩。

他們兩人都點了點頭。

「呼……」

最後我呼出一口氣。

不用與這些既是米絲托慕婆婆的夥伴，又是長年守護著佐爾丹的英雄為敵真是太好了。我總算安下了一顆心。

＊　＊　＊

在亞爾貝來到佐爾丹之前。
數十年來，一直都是米絲托慕帶領著唯一一支B級冒險者隊伍解決佐爾丹的問題。
起初只有三人，後來摩恩加入才成為四人冒險者隊伍。
「大魔導士」米絲托慕。
「戰士」迦勒汀。
「僧侶」席彥。
「鎧騎士」摩恩。
尤其米絲托慕婆婆擁有少見於佐爾丹的高階加護，在佐爾丹受到廣大人民的擁戴。
她在現役時代還被譽為「佐爾丹的守護者（Guardian of Zoltan）」米絲托慕。
順帶一提，迦勒汀是「哥布林的災難」迦勒汀。
席彥主教是「神聖之壁」席彥。
而我們的衛兵隊長摩恩則是「大鎧甲」摩恩。
摩恩似乎到現在還是很在意這個沒有氣勢的外號，一提起這件事就會痛心地抱怨連連。總而言之，他們都是佐爾丹的英雄。

不過，他們的隊長米絲托慕婆婆完全沒有成為冒險者前的相關逸聞。其他成員的話，很多人都知道迦勒汀以前身材瘦弱、總是遭受欺負，但即使家境貧窮，他的父母卻從來不曾讓他捱餓；而摩恩是佐爾丹貴族的庶子，離家出走後才加入了衛兵隊。

然而米絲托慕婆婆並沒有這些過去。

從米絲托慕、迦勒汀與席彥這三人結成隊伍的那一刻起，米絲托慕這個名字就突然出現在佐爾丹。

「五十一年前哥布林王穆爾加爾加掀起大動亂，當時的餘黨在四十五年前襲擊過佐爾丹。窮途末路的佐爾丹忽然出現一名貌美的『大魔導士』，她將陷入混亂的佐爾丹居民集結起來，最後殲滅哥布林軍的餘黨成為英雄。沒有比這個更早的紀錄和傳聞了。」

「畢竟佐爾丹的風氣就是不探究外來移民的過去嘛。應該也沒什麼人問及雷德先生你的過去吧？」

「確實如此。我現在也沒有要探究米絲托慕婆婆的過去喔，我們的目的是找到亞蘭朵菈菈……但露緹正在著手解決這次的事件，你們總該告訴她吧？」

「這一點我能理解。不過，雖說是夥伴……不，正因為是夥伴，我才不能自作主張地將她的過去告訴你們。」

「嗯，這個我也明白，所以希望你們可以先說出亞蘭朵菈菈的去向。她和米絲托慕婆婆在一起嗎？」

「對……本來我們該和米絲托慕同行以便保護她，但我們年紀都大了，沒辦法再為了夥伴而捨棄一切投入戰鬥……真的很感謝亞蘭朵菈菈小姐。」

「亞蘭朵菈菈去哪裡了？」

席彥主教從房裡的架子上拿出佐爾丹周邊的地圖。

地圖在桌上攤開，畫得比一般外頭販售的地圖還要精準。

「亞蘭朵菈菈小姐和米絲托慕在這座森林的一處聚落裡。」

「森林啊？」

「據說米絲托慕先前遭遇殺手的襲擊，危急之際亞蘭朵菈菈小姐救了她。更詳細的情況就請你們直接問亞蘭朵菈菈小姐吧。」

「殺手嗎？我知道了。主教，謝謝你信任我們。」

將米絲托慕婆婆逼到必須求援的對手……只能是港區遇到的那個「刺客」了吧。

「要去森林的話，這樣吧，迦勒汀和摩恩似乎都不能離開佐爾丹，因此就由我來帶路好了。」

露緹在我旁邊點了點頭。

「這是好主意。衛兵隊沒有摩恩就會失去向心力；冒險者公會的公會長哈洛德其實則是傾向屈從薩里烏斯王子的那一邊。如果迦勒汀不在，他可能會改變公會的方針。」

聽到露緹這番話，迦勒汀的表情不甘心似的扭曲起來。

無論是實績還是能力，迦勒汀應該都在哈洛德之上。

然而，這裡是佐爾丹。只要哈洛德不因年齡而退休，迦勒汀就當不上公會長。

「……露露說得沒錯。席彥，米絲托慕就拜託你了。」

「放心交給我吧。」

即使有了席彥主教的保證，迦勒汀和摩恩似乎還是很懊惱自己在夥伴身陷危機時沒辦法隨心所欲地行動。

幕間

四十五年前的青春

四十五年前——

縱使煽動整個大陸的哥布林一齊暴動的偉大哥布林王穆爾加爾加遭到巴哈姆特騎士團討伐，哥布林軍的餘黨依舊在大陸上到處作亂。

與阿瓦隆尼亞王國軍交戰後落敗的哥布林們接連逃竄至邊境。

和平的佐爾丹也不例外，接二連三逃到這裡的哥布林軍殘兵敗將們化身山賊，讓佐爾丹的治安淪為史上最差的慘況。

年輕的冒險者迦勒汀和席彥正在對抗十幾隻哥布林。

「喂，席彥！衛兵還沒來嗎！」

迦勒汀喊道。哥布林們拿著長槍、劍、弓，還穿著盔甲，實力明顯與平時在佐爾丹遇到的哥布林不同。

哥布林們在數年間的戰爭與掠奪中提高了加護等級，連C級冒險者迦勒汀和席彥都被迫陷入苦戰。

「噫哈——！」

哥布林們吼叫著發動襲擊。迦勒汀揮動手中的戰鎚，敲碎了最先朝他撲過來的哥布林腦袋。

第二隻哥布林則用戴著臂鎧的左手揍過去，接著用戰鎚頂起第三隻哥布林的下巴，再用左腋夾住第四隻的長槍之後，迦勒汀終於停下動作。

一把哥布林長槍刺了過來，他的思緒有一瞬間因為恐懼死亡而凍結。

「次元瞬移！」

迦勒汀的身影一陣晃動後消失。

接著，他出現在後方約十公尺遠的地方。

「隨吾之真言前來吧！破邪顯正的風刃！疾刃颶風！」

而後，席彥以魔法射出風刃，趁哥布林們畏懼時拉起迦勒汀的手。

「先撤退吧！」

「唔！」

這裡的哥布林不過是一支部隊。雖然總數不明，但有消息指出超過一百隻——不該在這種時候拚命。

「這些傢伙……竟敢把我們的國家——！」

這種危機與佐爾丹格格不入。佐爾丹應該是一個更和平、悠閒且無聊的地方才對。迦勒汀因憤怒而顫抖著。

然而，情況很絕望。對手雖說是餘黨，卻是和中央的精銳走龍騎士們交手過的哥布林士兵，一直活在和平世界的佐爾丹士兵們根本敵不過。

見到佐爾丹當時的B級隊伍敗給哥布林、腦袋還被哥布林們掛起來當作戰旗之際，佐爾丹或許就已經輸了。

明明村落遇襲，佐爾丹軍卻不願出城。大家都很害怕。

「迦勒汀，我們沒有援軍。」

「你說什麼！縱使是精兵，但也就一百隻左右而已啊！區區一百隻哥布林就滅得了佐爾丹嗎！」

「牠們是在歷史的中心奮戰過來的真正惡徒。就憑我們這種連歷史書的角落都不會提到的配角實在是……」

冒險者迦勒汀和席彥為了拯救遇襲的村落，憑著年輕人的一腔熱血衝到城外，打算將村子的戰士們集結起來，帶著人們逃到漁村尋找安全的地方避難。

由於哥布林們沒有船，只要逃到海上就安全了才對——這就是迦勒汀他們的計畫。

但到最後，他們只救下兩個村子。後來便遭到哥布林們阻撓，兩人如今正在逃回來的路上。

然後——

「！！！」

席彥發出絕望的悲鳴；迦勒汀也怔怔地佇立在原地。

他們眼前是熊熊燃燒的村莊。那樣的大火，足以燒盡他們兩人拚命救回來的村民。

「住手啊啊啊啊啊啊！」

迦勒汀咆哮起來，握緊戰鎚衝了出去。

必須阻止迦勒汀才行。現在過去是自尋死路。

然而回過神時，席彥自己也衝了出去。面對逐漸逝去的無辜生命，席彥的「僧侶」加護促使他邁出了步伐。

於是，二人就這樣前往死地。

迦勒汀和席彥為了能多救一個人而攻擊那些哥布林，但很快就遭到牠們重重包圍。

「混帳！」

才剛脫離少年階段的迦勒汀流下不甘心的淚水，怒目瞪著周圍的哥布林。

但已經沒有勝算了。這裡的每隻哥布林都跟迦勒汀他們一樣強。

兩人都做好覺悟，要死也得拉一個當墊背。

就在此時——

「極地之風啊，奪命寒氣啊！狂風呼嘯！冰雪風暴！」

猛烈的寒冰魔法將火焰連同哥布林們一起吹飛出去。

迦勒汀等人停下衝刺的腳步，沒意會過來發生了什麼事。

等急凍的暴風雪平息之後，兩人終於看清楚來者的模樣。

「給我上！」

她大喊道。多達二十名拿著短彎刀的強壯海賊們衝向了被冰魔法吹得東倒西歪的哥布林們。

一艘帆船停在沙岸，甲板上的海賊舉弓接連射穿哥布林們。

挺身拯救佐爾丹脫離哥布林威脅的，是統率一群法外之徒的美女海賊。

哥布林們轉眼間被斬殺殆盡，女海賊走向迦勒汀和席彥。

「你們是這裡的冒險者吧！從身上的傷就看得出來你們是一路英勇奮戰過來的！」

女海賊朝兩人伸出手。

「我有和哥布林王的軍隊交手的經驗！接下來只要兵力足夠，我就絕不可能輸給區區哥布林！」

「妳說兵力！」

「帶我去佐爾丹！由我來指揮！以我的船軒轅十四號起誓！我米絲托慕定將哥布林趕盡殺絕！」

米絲托慕臉上泛起海賊特有的猙獰笑容。

年輕的迦勒汀和席彥儘管困惑，仍深深為這名女海賊的美貌所著迷。

第三章 殺手公會與殺手

夜晚——

先前為雷德等人帶路的年輕僧侶，快步走在中央區通往城門的道路上。

「呵呵！」

他之所以嘴角揚著笑意，是因為席彥主教表示住在佐爾丹外面的教會相關者家屬可以暫時寄宿在教會裡。

他的家人是附近小村落的佃農，從佐爾丹往海邊走三十分鐘左右就能到。他現在正往家人們的住處前進。

儘管地主並不是什麼壞人，但把收成的作物上繳給領主、地主及教會之後，家裡就不剩任何東西了。地主準備給他們的房子後面有一小塊田地，他的家人都是在那裡種地瓜和豆子勉強過活。在這樣的家庭中，作為次男誕生的他擁有「僧侶」的加護。

確定可以成為佐爾丹教會的聖職者那天，家人不知從哪兒變出他從未吃過的美味馬鈴薯燉絞肉、小麥鹹餅和蘋果酒，慶祝他即將展開新的旅程。

那天晚上，他的母親略帶歉意地將滿是補丁、感覺很暖和的襯衣交給他。

「雖然不太好看，但也不能讓身子著涼了。你就拿去當睡衣穿吧。」

他珍重地收下了那件襯衣，自那天以來，無論冬天再冷他都沒有感冒過。

他夢想有朝一日能擁有自己的教會，讓家人在那塊土地上過著更輕鬆愉快的生活。

縱使那個夢想還很遙遠……但這是他第一次將家人帶進佐爾丹最氣派豪華的大教堂，保護無可取代的他們。

他知道佐爾丹目前處於緊急狀態，只是第一次能夠實際為家人做點什麼還是令他感到很開心。

腳尖踢飛一顆小石頭，年輕僧侶回過神來。

往前一看，只見一個男人靜靜地坐在夜路的正中間。

在月光的照耀下……那個男人將巨大的斧頭放在地上，目光炯炯地盯著僧侶看。

一股不祥的預感襲來，僧侶打算掉頭走別條路。

然而，又冒出兩個男人從背後靠近他。

僧侶陷入恐慌，拔腿逃進附近兩道圍牆中間的窄巷裡。

「啊！」

他被撞倒在地上，窄巷那邊也有個寬肩的壯漢。他對這個男人的長相有印象。

「你、你是盜賊公會的！」

席彥主教以前收留過一個從吃軟飯的小混混那裡逃過來的娼婦。

這男的就是當時的小混混。

雖然僧侶的生活和地下社會完全沾不上邊，不過他聽席彥主教說過這傢伙是那個恐怖的畢格霍克的手下之一。

「那時候真是承蒙照顧了啊。」

男人一手拿著密密麻麻都是釘子的駭人棍棒，露出不懷好意的笑容。

說是照顧，僧侶只是趁席彥主教攔住這男人時將女子帶進教會裡面而已。

看到那名女子身上的無數瘀青，他確實感到義憤填膺；但若問他有沒有對這男人做過什麼，他還真的沒有。

不過對這男人而言，只要能出一口當時的怨氣，拿什麼當理由根本不重要。

「喂，先別殺他啊。我們還得利用他要脅主教呢。」

從後方走過來的一個男人說道。

那男人腰間掛著為了融入夜色而塗黑的盜賊劍。

「嘖，我知道啦，別在那邊指手畫腳的。」

「嗄？你以為你在跟誰說話啊？」

「少自以為是啦，你是儲備幹部都多久以前的事情了啊！現在還不是跟我一樣是個一無是處的廢物。」

「說什麼啊混帳！」

佩帶劍的男人散發出殺氣。

拿著棍棒的男人也不甘示弱，露出被蛀黑的牙齒瞪了回去。

然而——

「想殺的話之後來拜託我，兩個我都殺掉。但現在不准違抗我的命令。」

斧頭男不悅的嗓音一響起，他們兩人登時沉默下來。

「當、當然不會違抗你啦。」

小混混們連連點頭，臉上寫滿了膽怯。

這讓年輕僧侶感到害怕，身體顫抖不止。

「不准殺他。不過先廢掉他一條腿吧，要是跑了就麻煩了。」

斧頭男站起身，緩緩朝他走近。

他手中的斧頭太過巨大，實在不像人類揮得動的。

「噫！」

僧侶起身想要逃跑，卻被棍棒男掃倒而再次摔跤。

「嘿嘿，這次斷你一條腿就好。」

男人舉起棍棒。僧侶還不習慣戰鬥。

他做出了這種情況下最不應該採取的行動，也就是怕得閉上雙眼，變得毫無防備。

「啊？」

不過，有人從黑暗中抓住了那隻高舉的手。

＊　＊　＊

「你、你這傢伙想幹嘛啊！」

我抓著他的手臂一個扭轉。

「痛死了！你這混蛋！」

棍棒掉在地上發出聲響。

我把盜賊猛撞出去。

「該死！看我宰了你！」

我閃掉盜賊全力揮來的一拳，同時使勁往他的臉揍下去。

「噗嘎！」

盜賊的身體向後飛了出去。

流著鼻血倒地的盜賊沒有再度爬起來的跡象。

「順著這條巷子逃走就安全了。別回頭，直直往前跑就對了。」

「好、好的！」

僧侶照我說的全速跑走。

他前腳離開，我後腳就從巷子裡走出來。

「你、你是雷德！」

「真沒想到盜賊會知道我的名字啊。」

「開什麼玩笑！你以為是誰害我們要做這種爛工作……！」

盜賊們紛紛拔劍怒吼……

「原來如此。」

我苦笑著低聲說道。

拔出劍的盜賊們就這樣定在了原地。

「我還想說對手的隱匿功夫也太厲害了吧。」

盜賊們彷彿斷了線的人偶似的癱倒在地。

他們身後有一道嬌小的人影。

「這是我要說的，雷德先生。」

媞瑟一邊檢查盜賊們是否暈了過去，一邊呈八字眉抗議道。

與席彥主教談完之後，我離開教堂時察覺到有三名盜賊在看守。

想起戈德溫的提醒，我讓莉特她們先回去，自己躲起來觀察動靜。後來發現那三人開始跟蹤從教會出來的年輕僧侶，我便也尾隨在後。

「結果，我發現還有一個連我也都只能感知到氣息的藏身高手，害我一直在小心警戒著。」

「我也是。想到有個摸不清底細的強敵在，還真是捏了把冷汗。」

我之所以在千鈞一髮之際才出手救僧侶，也是顧忌著這一點。

我和媞瑟互相警戒著對方而不敢輕舉妄動。

「那麼，只剩你還沒解決了。」

剩下的敵人就是那個拿著巨斧的男人。

「你的斧頭還真是大得誇張啊。」

男人手上斧頭的斧刃跟成年人的身體一樣大。總之就是一把巨斧。

「面對我還敢悠哉閒聊，鄉下的冒險者真沒危機意識。」

男人嘴角勾起冷笑說道。

「我叫血腥傑克，是殺手公會的殺手。」

「你是殺手公會的？」

明明是殺手卻自報身分了啊。

我看向旁邊的媞瑟，只見她露出嫌惡的眼神，像是看到了髒東西。

「這把斧頭名為巨人斬殺者，是討伐最強巨人種太陽巨人的英雄所持有的武器。」

明明是殺手卻介紹起武器了啊。

我看向旁邊的媞瑟，只見她露出鄙視的眼神，像是在說「這傢伙沒救了」。

「呃，媞瑟。妳覺得他真的是殺手公會的成員嗎？」

「這不需要多說吧。請雷德先生不要插手。」

「嗯，我是無所謂啦。」

相較於男人的巨人斬殺者，媞瑟的短劍只有六十公分長。

在別人眼裡應該顯得很靠不住吧。

然而，媞瑟現在身上散發著驚人的殺氣。

可能是因為媞瑟長期接受隱藏殺氣的殺手訓練，即將跟她戰鬥的男人似乎沒有察覺到她的殺氣。

「怎麼啦，小丫頭？難道妳打算跟我單挑嗎？」

「沒錯。既然你說你是殺手公會的殺手，處理你就是我的工作。」

「是對殺手公會懷恨在心嗎？咯咯，那真是太好了。我就喜歡殺妳這種復仇者。」

這男的好像不斷狂踩媞瑟的地雷。

他說得愈多，媞瑟的殺氣就愈重。

唉，換作是我的話，遇到現在的媞瑟早就逃之夭夭了。

但這個男人還是沒注意到自己已經死到臨頭，就這樣帶著冷笑從懷裡掏出藥水喝了下去。

「哼！」

男人的肌肉膨脹起來。

「金剛之力！我的身體現在寄宿著金剛的力量啊！」

男人用雙手握住巨人斬殺者，用力高舉過頂。

原來如此，他是靠魔法藥水增強體能來揮動那把巨斧啊。

「嚇到了吧，小丫頭！我的巨人斬殺者可不是用來虛張聲勢的！」

「不需要。」

「什麼！」

媞瑟毫不畏懼那把高高揚起的巨人斬殺者，一口氣湊近了男人。

「蠢貨！看我把妳砍成兩半！」

男人筆直地揮下了巨人斬殺者。

地面被劈裂，發出轟然巨響。

但媞瑟並不在那裡。

「殺手不需要這麼招搖的武器，也不需要講那麼多廢話。倒不如說，要從你身上找出類似殺手的特質還比較困難。」

在斧頭揮下之前，媞瑟已經逼近至短劍的攻擊範圍中。

「殺手的武器是用來刺進胸口貫穿心臟的，只要做得到這一點就足夠了。」

男人雙膝跪倒在地時，臉上仍舊泛著冷笑。

他恐怕連自己死了都沒察覺到吧。

＊　＊　＊

「對不起。」

媞瑟向我道歉。

「不用道歉啦，畢竟對方打算殺妳啊。」

我們將善後工作交給了年輕僧侶帶來的席彥主教和教會相關人員。

盜賊們雖然身受重傷，但性命無礙。

只有那個自稱殺手的傢伙另當別論。

我們並肩坐在路邊的臺階吃著黑輪。

媞瑟傍晚去攤販外帶的黑輪很入味，好吃是好吃，但澈底冷掉後變得有點硬。

「既然搬出公會的名字，殺掉他就是我的工作。」

媞瑟在我旁邊說道。

「這是殺手公會的規矩嗎？」

「殺手公會的規定其實沒有大家想得那麼嚴格就是了。體系本身和冒險者公會似乎差不多，雖然採用完全錄取制這點和冒險者公會不一樣，但殺手依然有權決定要不要接工作。」

「所以不會被逼著接下不想做的殺人工作嗎？」

「對。就算接下工作，如果覺得自己辦不到也可以轉給其他殺手。要是同伴暗殺失敗被抓起來也會有人去營救，什麼時候要引退也是自己決定。」

「記得阿瓦隆尼亞王都的監獄確實有殺手越獄。」

「雖然無法改變『刺客』加護賦予的職責，『刺客』們還是可以過得跟正常人一樣。絕對不讓殺手成為用完就丟的棄子，這就是殺手公會存在的理由。」

憂憂先生挨近媞瑟，用身體蹭了蹭她。

媞瑟瞇起雙眼，溫柔地撫摸憂憂先生的肚子。

「公會宣稱『不會有擾亂社會秩序的殺戮，暗殺也需要仁義與正義』，這種場面話也不過是為了避免遭到各國攻擊的大義名分而已。」

「是這樣嗎？包含我所在的阿瓦隆尼亞王國在內，各國都很害怕殺手公會吧……」

「其實就只是形象策略罷了。」

媞瑟宛如揭開自身祕密的少女一般笑了笑，表情一如既往只有細微變化。

「『刺客』加護要在有利的狀態下才能發揮力量，所以單純遭到數量壓制是沒有勝算的。我們滿腦子都只想著自己該怎麼做才能安全無虞地生存下去。」

殺手是與社會律法相違背的存在。

但既然戴密斯神以加護的形式賦予殺手的職責，加護所寄宿的對象就會產生想要作為殺手活下去的衝動。

加護的衝動凌駕於人類制定出來的法律上。

因此，殺手們才會為了保護彼此而集結起來建立公會。

媞瑟是這麼告訴我的。

儘管殺手公會是最大的殺手集團，在大陸坐擁一方勢力，但其實還有其他規模較小的殺手集團。

阿瓦隆尼亞王國境內已知的殺手集團就是「毒蠍兄弟會」，過去還受到魔王軍委託來襲擊露緹。

這些組織和招攬殺手系加護的公會不同，他們是收養好控制的孤兒進行近乎洗腦的教育與訓練，視情況把成員當作用完就丟的殺手來使用。

這種規模小的組織是為了暗殺工作而存在；作為最大組織的殺手公會則是為了殺手而存在。

「殺手公會和其他暗殺組織一直是處於敵對狀態，兩邊在根本上的理念不同。」

「原來是這樣啊。」

「因為這個緣故，公會規定必須殺掉冒充殺手公會名義的殺手——那種人會造成殺手公會的風評下降。此外……也不能放過那些脫離公會開始自己接工作的流浪刺客。」

「我也聽過流浪刺客和公會之間的對立傳聞。」

「只要不做暗殺工作的話，離開公會也沒關係。畢竟公會的方針就是暗殺工作接與不接都是個人自由。但是，擅自接工作是不行的。」

「這也是當然的吧。」

公會的目的是為暗殺工作賦予大義名分，讓他人認同殺手的存在，所以不可能會容許原本的公會成員私自進行暗殺工作。

「……媞瑟，妳注意到什麼了嗎？」

看到媞瑟的模樣，我這麼問道。

她感覺有點猶豫要不要告訴我……

憂憂先生拍拍她的肩膀，媞瑟便呼出一口氣。

「憂憂先生……你說得對，我知道了，這其實是我自己的問題。」

媞瑟用這句話當開場白，然後繼續說下去。

「真正的殺手。我發現了從公會逃出來的流浪刺客潛伏在佐爾丹的痕跡。」

「真正的殺手嗎？」

「是的。我現在是以露緹大人朋友的身分過生活，但唯獨這件事我必須以殺手公會一員的身分去解決。」

「雖然我不確定是不是那些人，不過我也看到了三個擁有『刺客』加護的人。」

「雷德先生你看到了『刺客』？可以告訴我詳情嗎？」

「只稍微看了幾眼而已……」

我將在港區看到殺手的事告訴媞瑟。

「錯不了的。那三個男人就是流浪刺客。」

媞瑟光憑我的描述就如此斷定。

我提到的只有加護等級和長相而已，但媞瑟好像很肯定。

聽到她的回答，我便說出了自己的疑問。

「妳認識那些流浪刺客嗎？」

媞瑟的表情沒有變化，倒是憂憂先生緊緊依偎著她，像是想要盡可能地與她共同分擔情緒。

真是隻溫柔的蜘蛛。

「簡單來說，他們算是我的師兄吧。」

媞瑟答道。

「我們在同一個師父底下學習。雖然關係並不親近，但一起吃過同一鍋燉菜。」

「所以是夥伴嗎？」

「這跟冒險者不一樣，還不到那種程度。要說是同為殺手公會的夥伴也沒錯，只是他們背著公會偷偷殺人的事情曝光後，這層關係也不存在了。」

「照妳的說法來看，公會對殺手而言是很好的環境，那他們為什麼要離開公會？」

「可能是因為無差別殺人比較合乎他們的性情吧。畢竟公會曾經拒絕過相當多的暗殺委託。」

殺手公會的殺手並不怎麼忙。

公會似乎有在調整工作量，讓加護的衝動能夠獲得滿足就好……不過衝動不只會帶來痛苦，也有愉悅。

希望能殺更多人的殺手大概對此感到不滿吧。

「所以說，我必須殺掉那些流浪刺客。」

「……我來動手吧？」

我考慮一下後如此提議。

「咦？」

媞瑟驚訝地愣住。

「不能這樣。雷德先生過的是慢生活，殺人工作可是完全相反的另一個極端。」

「但妳不想對認識的人動手吧？我選擇過慢生活並不是因為我變成了不殺主義，只是不參與違背自己意願的戰鬥而已。」

「……謝謝你的關心。該怎麼說才好，真不愧是露緹大人的哥哥呢。不過我不要緊的。就算他們是我的師兄，就算我們同樣對名為修行的苛刻訓練懷恨在心，實際上關係一點都不親近。」

媞瑟說完聳了聳肩。看來她真的不在意這個。

只要開關一打開，就不會對殺人這件事感到躊躇或憐憫。

媞瑟是殺手。

「他們應該由我來殺掉。」

媞瑟站起身，彷彿在說這個話題到此為止。

「回去吧。還有人在等我們。」

「說得也是……等一下。」

我突然冒出一個想法，忍不住揚起嗓音。

「怎麼了嗎？」

「我還是想吃熱騰騰的黑輪。回去前再去一趟歐帕菈菈的攤位吧。」

「好主意。」

我們並肩在月光灑落的夜路上邁步前進。

＊　＊　＊

三個小時後，佐爾丹中央區南側街道——

揮別雷德後，媞瑟拎著裝了黑輪的袋子獨自漫步在夜路上。

憂憂先生揪著媞瑟的手臂，探頭看袋子裡的東西。

裡面裝著買給露緹的雞肉丸、白蘿蔔、牛筋和雞蛋。

沒有竹輪是因為魚漲價了。原料是魚漿的竹輪也跟著漲價，像歐帕菈菈這樣的黑輪小攤販負擔不起。

雖然她新增了雞肉丸這種絞肉類菜色想取代竹輪，但味道還是差很多。

「哼，可惡的維羅尼亞王國，竟然這麼邪惡……！」

最好吃的黑輪菜色非竹輪莫屬是媞瑟一直以來堅守的信條，維羅尼亞軍船在她眼中變成了無法饒恕的存在。

這幾天下來，媞瑟執行的調查也已經步入收尾階段。

儘管邊境佐爾丹的資訊流通速度很慢，但還是有人從外地運送商品過來，例如冬至祭時的維羅尼亞船員等。

此外，媞瑟自己早在幾個月前就從殺手公會那裡掌握到一些消息。

（曾經在三王國的海域上興風作浪的海賊王，如今也行將就木了啊。）

當然，身為維羅尼亞國王的葛傑李克王並沒有在這個微妙時期表現出臥病在床的軟弱面。他不僅會出席重要的典禮，也極盡所能維持國政的正常運作。

然而，不管他如何隱瞞，也無法改變自己將死的命運。身為殺手的媞瑟見證過各式各樣的死亡，她從搜集來的情資敏感地察覺到葛傑李克王的死亡信號。

（差不多了吧。）

在距離露緹和媞瑟的住處還有數百公尺遠的時候，媞瑟鑽進行人稀少的小巷子裡，左手還拎著黑輪袋子，就這樣嗖地拔出藏在身上的短劍。

「被發現了啊。」

她背後的陰影處出現一名長耳男子。

那是當時站在薩里烏斯王子後面的高等妖精之一。

面對一觸即發的氣氛，高等妖精展現出激昂的鬥志；相對之下，媞瑟只是暗自抱怨著才剛打完一場而已。

遺憾的是，媞瑟的表情變化太過細微，不足以傳達出她的心情。

「看來妳果然不是泛泛之輩啊。」

高等妖精右手握著名為三叉戟的三刃長槍，左手則是折疊起來的網子。

（這我也分辨得出來，他的加護是『角鬥士』吧。）

媞瑟推測出對手的加護。擅長使用這種特殊武器組合的加護極為稀少。

「角鬥士」是擅長在大眾面前展開競技對戰的加護。當然，即使沒有觀眾，大部分的戰鬥技能還是能正常使用。

高等妖精那端正的嘴型勾起扭曲的笑意。

「挺強的嘛。只不過我可不是來找妳戰鬥的。」

「你有什麼事？」

「妳的同伴在我們手裡。想要我們平安放人的話，就隨我到我們船上吧。」

「…………」

聽到高等妖精這麼說，媞瑟思索了起來。

（說到同伴，那就是露緹大人了，但人類不可能抓得住露緹大人。如此一來，應該是指雷德先生和莉特小姐，不過要抓那兩人的話，保守估計也得派十艘維羅尼亞軍船才行……再來……只剩定居在家裡的流浪貓了啊。該不會是那三個流浪刺客吧？不，這實在不可能吧。）

媞瑟感到困惑，和爬上肩膀的憂憂先生歪頭覷著彼此。

「妳好像很驚訝的樣子啊。不過，我的加護擁有能夠感知對手等級比自己高還是低的技能『強敵洞察』。妳比39級的我還要強。在維羅尼亞比我強的人一隻右手就數得出來，沒想到這種邊境會有妳這樣的英雄。」

媞瑟認為39級是相當高的等級，放在殺手公會也是高人一等的精銳，以騎士來說就是團長級別了。他自稱是維羅尼亞王國第一流的戰士並不是在虛張聲勢。

但依然不是媞瑟的對手就是了。

「所以我很清楚，妳那個穿著鎧甲的女同伴啊，真的是弱到一個不行。」

「？」

「裝傻也沒用，那傢伙的等級比我低。當時站在我旁邊的搭檔擁有『奴隸獵人』的加護，技能是在面對比自己弱小的對手時會取得優勢。他的加護等級跟我一樣，妳的同伴絕對沒有勝算。」

「？？？」

「還想裝糊塗啊？不過我只需要看一眼就知道了，妳是用面無表情來掩蓋充滿不安的內心吧。」

（面無表情是因為經過訓練，至於充滿內心的只有疑問而已。）

媞瑟愈來愈困惑了。

露緹的等級比媞瑟還要高，如今應該已經是人類之中最高的吧。

「角鬥士」的「強敵洞察」怎麼會判斷露緹的等級很低？

（該不會是感知到「Sin」的等級了吧？）

無論媞瑟還是莉特，當然連同雷德在內都沒有感知別人加護的技能。雷德純粹是憑藉知識來推測出對手的加護。

因此，他們並不知道對露緹使用感知加護的技能會得到什麼樣的結果。

（看來「Sin」是優先於高等級的「勇者」。雖然擁有「鑑定」技能的「賢者」和「聖者」應該不可能來到佐爾丹，但「異端審問官」和「魔女獵人」這些加護也擁有查明部分技能或等級的技能。要是露緹大人遇到這類加護持有者而被發現「Sin」的異常就糟了。）

憂憂先生也神情凝重地蹦跳著。

這件事必須告訴露緹才行。

「喂，妳從剛才開始就在發什麼呆啊？妳等級真的比我高嗎？」

這人真沒禮貌。媞瑟內心感到憤慨，只是不會表現在臉上，所以眼前這個高等妖精似乎愈來愈瞧不起她。

「算了。我的搭檔應該馬上就會帶著妳的同伴過來，在那之前妳最好安分一點。」

「差點忘了。」

說起來這件事也很不妙。媞瑟終於把心思轉到他身上。儘管跟自己沒什麼關係，但發現有人要自尋死路的時候，還是阻止一下比較好。

「我勸你還是趁現在趕快叫你搭檔回來吧。」

「這是威脅嗎？就算妳打倒我，我搭檔要做的事依舊不會變。妳的同伴會被抓住，妳若不肯順從的話，她就會受到嚴刑拷打。維羅尼亞海軍的拷問可是很恐怖的喔？再強壯的男人都會抽抽噎噎地哭得像個小孩一樣，懇求快點給他個痛快。」

「不，我不是那個意思。」

「而且我的加護是『角鬥士』。一對一的時候，像這樣和對手面對面的情況下最能發揮出力量。妳的加護八成是盜賊系吧？我就看妳這份從容能維持多久。」

高等妖精露出賊笑，但媞瑟只是嘀咕著：「露緹大人個性變得比較圓滑了，應該不會二話不說就把人殺掉才對……」然後陷入了沉思。

見媞瑟對自己說的話都沒什麼反應，高等妖精逐漸煩躁起來。

「妳這人是怎樣？難道妳持有的是『惡靈附身』或『雙重人格』這種無法溝通的加護嗎？」

高等妖精咂嘴一聲，沉下腰擺出架式。

他原本不打算戰鬥，但無法溝通的加護持有者隨時可能突然襲擊過來，拿人質要脅恐怕也沒有意義。

高等妖精將力量凝聚在抓著網子的那隻手上，以便隨時都能迎戰目前還沒表現出戰意的媞瑟……

「嗚呃！」

就在這時，某種東西從天上急速俯衝下來，壓垮了舉著三叉戟的高等妖精。

「咦？」

就連媞瑟也停住思緒愣在原地。

眼前兩名高等妖精呈現出從各方面來說都慘不忍睹的模樣。他們還活著是因為加護等級很高，換成一般人早就死了。

「該不會……」

媞瑟戰戰兢兢地回頭一看。

距離露緹的住家還有數百公尺遠。

（用丟的嗎？從那裡？）

又不是巨人，人類哪可能辦得到這種事。媞瑟的理性和本能如此否定著……

（說起來，她好像丟過巨人的樣子。）

媞瑟想起之前遭到無數山巨人襲擊時，露緹似乎覺得很麻煩便收起了劍，然後接二連三地抓起衝過來的山巨人丟下懸崖。

最後變成四處逃竄的山巨人和露緹之間上演起賭上性命的捉迷藏，那副光景深深烙印在當時才剛加入隊伍的媞瑟腦海中。

都能戰勝山巨人的力量和重量了，把人類丟到數百公尺外大概也不是難事。
（而且還是瞄準才丟的。）
看著不斷抽搐的高等妖精們，面無表情的媞瑟也不禁發出乾笑聲。
（果真是個不得了的人。）

＊　＊　＊

隔天——
「後來那兩個人怎麼樣了？」
聽完媞瑟描述經過，我一邊把早餐的冷麵沙拉盛到盤子一邊問道。
「露緹大人治好他們之後，把他們綁起來扔進空房間裡了。」
「黑輪都冷掉了。」
露緹生氣的點很奇怪。她眉毛微微抽動，拳頭緊握在胸前，竭盡全力以她的方式向我傳達那些人有多惡劣。
惡劣的程度只是話太多導致黑輪冷掉，這大概就是媞瑟說的「露緹大人的世界異於常人」吧。

不過這也是個人特色。倒不如說就是這樣才可愛！

「哦……」

也許是從表情察覺到我在想什麼，媞瑟抿起嘴角，露出了微妙的表情。

＊　＊　＊

中午過後——

我、莉特、露緹、媞瑟、憂憂先生及席彥主教來到城門處。

我和莉特只管店裡的事，不過露緹、媞瑟還有席彥主教一直在佐爾丹四處奔波。

昨晚那些小混混的目的是要威脅身為反抗派核心人物的席彥主教。

主犯是盜賊公會的幹部之一。大概是找上了失去一切的畢格霍克餘黨加以煽動吧。

目前已經要求盜賊公會處理這次的事件，同時也請聖職者們做好自我防衛，儘量避免單獨行動或晚上外出。本來還想請衛兵加強巡邏，只是衛兵也人手不足，沒辦法指望他們。

要維持城市治安的話，應該要委託冒險者公會的冒險者吧。

黎琳菈菈帶來的高等妖精們也被摩恩關進衛兵隊的監牢。這部分的事暫時還不會回報給佐爾丹高層。

先觀望黎琳菈菈等人的動向，再決定如何處置他們。

商人公會那邊要怎麼處理也是個問題。

這次的事件中，首當其衝受害的就是商人公會。

「真的是辛苦妳了。」

「我很努力了。再多摸幾下。」

露緹瞇細眼睛，催促我多摸摸她的頭。

以前旅行的時候，這種事都是我在處理的；不過露緹從早上開始就把這些問題一一處理完畢了。

看到妹妹的成長讓我既開心又寂寞。這就是當哥哥的宿命嗎？

「雖然我很難過不能跟哥哥一起去……但佐爾丹就交給我吧。」

這幾天來，露緹成為了佐爾丹的重要存在。

以往佐爾丹的高層有事時，比起我行我素的露緹，他們更常去拜託同樣面無表情但容易相處的媞瑟；但這次顛覆了他們的認知。

統率整頓陷入混亂的佐爾丹居民，完美地安排好自己和其他人的工作，一發現問題就馬上解決。

「這些全都是哥哥教的。」

露緹得意洋洋地輕聲說道。

能聽到這句話，身為哥哥果然會感到很開心。

對露緹來說，勇者的旅程想必大多是難受的回憶，但我們一同度過的時光並非毫無意義。

從我身上學到各種騎士相關知識，並使其昇華為自己的技能之後，我的妹妹可是完美無缺——撇開交際能力不談——不過，每個人都有不擅長的事物。

總之，獲得高層信賴且可以下達指示的露緹沒有破綻。

因為這個緣故，露緹在佐爾丹要做的事非常多，比迦勒汀和摩恩還要忙，這次就只能留在佐爾丹了。

「對不起，這樣感覺好像把麻煩事都丟給了露緹大人。」

媞瑟看起來很過意不去。

露緹對她微微一笑，然後搖了搖頭。

「妳和米絲托慕婆婆的交情比我更好。既然得留一個下來，那就該是我。」

「露緹大人……」

我撤回露緹不擅長交際這句話。

與媞瑟的友誼讓露緹逐漸往好的方向改變。

我對此感到非常開心。

「那麼，我們差不多該出發了。」

正在檢查走龍狀態的席彥主教這麼說道。

教會的四頭走龍都照料得很好，褐色的鱗片散發著光澤。

「嘎嗚。」

走龍用角輕輕戳了下我的頭。

我的走龍有點不安。難道牠個性比較敏感嗎？

我一邊撫摸走龍的下巴讓牠安心，一邊踩住腳蹬騎上去。

「嘎嗚嗚！」

看來即將可以盡情奔馳的期待感驅散了不安的心情。

走龍歡喜地發出吼叫。

＊　＊　＊

不巧的是，今天的天空烏雲密布。

冬天的寒意使草原上的植物也黯然失色。

「啾嚕嚕……」

「你別那麼不開心啦。」

走龍們沒有在奔跑，而是悠閒地慢慢走著。

眼睜睜看著廣闊的草原卻不能奔跑似乎讓走龍很不滿，牠晃動身體哼叫抗議。

我摸了摸角根附近安撫牠。

「嘎嗚～」

走龍的心情好像好了起來。

「米絲托慕和亞蘭朵菈菈小姐暫住在佐爾丹居民也不曉得的避世村莊。我不想走得太急而引來注目。」

苦笑著觀察走龍情況的席彥主教說道。

「不過，就算從佐爾丹用走的也花不到半天吧？」

「對，照這個速度應該再一小時就到了。」

人類的雙腿在未經整修的草原上走不快，走龍就真的很強。牠們無視泥濘的地面順暢地前進著。

「莉特，有被跟蹤的跡象嗎？」

我這麼一問，莉特的耳朵……不是人耳，而是從頭上冒出來的狼耳動了動。她用鼻子低哼一聲後點點頭。

「嗯，放心吧！這裡只有我們而已。」

莉特使用的魔法是「狼擬態」。

這個魔法是藉由變成狼的樣貌來獲得狼的敏銳感官能力。

擬態屬於變身魔法的一種。讓自己帶有變身對象的外形特徵，藉此獲得其一部分的能力。

變身魔法有力量、擬態、形態與化形這四種。

力量是獲得變身對象一部分體能的魔法，施術者的外貌不會有任何變化，純粹作為強化體能之用。「狼之力」可以獲得狼的肌肉力量和爆發力，增強自身能力。

相對之下，擬態以上的魔法都會將自己的容姿變成該對象。

「狼形態」會變成二足步行的狼，介於人類和狼之間的形態。

「狼化身」會完全變成一匹狼。

至於「狼擬態」的效果……

「哼哼♪」

在前方騎著走龍前進的莉特裙子下露出一條搖來晃去的狼尾巴，頭上則是毛髮濃密的狼耳。

擬態魔法差不多就是這種感覺，會出現變身對象的一部分特徵。

怎麼說呢……很可愛。沒來由地想摸摸她的頭。

「嗯？」

也許是察覺到我的視線，莉特回頭看我。不愧是狼的感官。我擺擺手表示沒事，然後有點羞恥地從莉特身上移開視線。

「欸，雷德。」

「嗯？怎麼了？」

莉特放慢走龍的速度湊近我。

「嘿！」

接著，她靈巧地站在走龍背上，用魔法長出的狼尾巴輕輕拍了拍我的臉。

「毛茸茸的。」

「對吧？」

莉特擺動狼耳笑了笑。

「我自己也嚇了一跳呢，這是我第一次變成狼。以前只用擬態魔法變過水獺和蝙蝠，還有一次駝鹿而已。」

有圓耳朵和細長尾巴的水獺莉特與小惡魔風的蝙蝠莉特，不管哪個我都想看。

再來是……

「……駝鹿？」

「很耐寒喔，在雪山裡行走也不會累，是因應洛嘉維亞氣候的擬態。」

我忍不住想像了一下全身毛茸茸的莉特，但擬態的變化沒有那麼大吧。

「用駝鹿擬態變成駝鹿之後，呃，腿會變得很粗壯……我不想讓你看到。」

她拒絕了。不過這是很棒的魔法，等生活恢復平靜後多試幾種看看吧。

＊　＊　＊

距離佐爾丹約三十公里處——

溼原中的這座森林蓊鬱陰暗，泥濘土地上生長著無數細長扭曲的樹木，以佐爾丹而言很罕見。

「感覺這裡不是很適合人住耶。」

看著身下的走龍從淹過膝蓋的溼泥中拔出腿，我不禁這麼嘀咕道。

「我也這麼認為。」

席彥主教回道。他的嗓音帶著一絲歉意。

米絲托慕婆婆和亞蘭朵菈菈藏身的避世村莊就在這座森林裡。

既然稱為村莊，應該有其他居民吧。

「噢！」

我揮劍砍掉突然從樹上掉下來的小史萊姆。

小史萊姆不具備智慧，所以我想牠並不是刻意發動突襲，只是待在樹上的時候剛好發現下方有獵物就跳下來了吧……

「不對，在上面。」

莉特擺動狼耳說道。下一瞬間，小史萊姆接二連三地掉落下來。

席彥主教動手結印。

「破邪顯正的風刃！疾刃颶風！」

我們頭上刮起了強勁的風勢。

小史萊姆被風撕裂，盡數覆滅一空。

「糟了、糟了。」

樹上傳來低語聲，只見類似蛙人的魔物們倉皇逃走。

那是名為固里帕的魔物。

牠們擅長用手掌分泌的黏液來爬樹，屬於智慧較高的魔物，以懂得撿人類的武器來使用而聞名。

看來小史萊姆是那些傢伙丟下來的。

應該是企圖用小史萊姆嚇唬我們，再趁機襲擊過來吧。

「不追嗎？」

我問席彥主教。

「不用，此行的目的不是討伐魔物。」

有道理。

「有牠們在，人們也不會接近這座森林。」

席彥主教臉上泛起隱晦的笑意。

「身為一名聖職者，是不該縱容魔物危害人類……」

「我懂了，抱歉問了怪問題。」

他是不想讓任何人知道這前方有避世村莊吧。

佐爾丹的居民都是從其他地方逃過來的人。

不探究移民的過去是佐爾丹的潛規則，但沒想到那座避世村莊是連存在都不能讓佐爾丹知道。再走五分鐘就能抵達那個祕境了。

＊　＊　＊

一名老人坐在樹根上。

「唉呀……這種地方竟然有迷路的孩子啊？」

那個老爺爺穿著熊皮，看起來像是獵人。他手裡拄著枴杖，旁邊放著一把弓，腰上佩帶用鹿角削成的山刀，身上沒有任何金屬配件。

「戈梅茲先生，看你這麼有精神真是太好了。我是席彥。」

「哦哦，是席彥先生啊。歡迎你來呀。」

名叫戈梅茲的老人皺起布滿皺紋的臉笑了笑。

由於眼皮很厚，他的眼睛幾乎睜不開，但可以從縫隙中看見眼睛帶有白濁。應該是重度白內障吧，一般來說不可能用得了弓箭。

「席彥先生，你似乎瘦了些啊，有好好吃飯嗎？」

「哈哈！看來最近太過繁忙，疏於照顧身體了。」

「這可不行哪，人一定得好好吃飯才行。只要填飽肚皮，萬事都好說嘛。哎呀，你換新的走龍了嗎？」

「啊哈哈，其實走龍都是別人在照顧的。」

「怎麼可以這樣呢？」

戈梅茲回道。

「雷德，他……」

「是『風暴德魯伊』加護的持有者吧。」

而且將近30級。如此高的等級足以匹敵王都的騎士了。

即使雙目不能視，戈梅茲也能透過精靈的耳語來辨識事物。

「話說回來，你會帶客人過來還真是稀奇呢。」

「他們是亞蘭朵菈菈小姐的朋友，擔心她才過來的。」

「我瞧瞧，嗯，看得到異樣的顏色呢。真是了不起。」

「我叫雷德。這是我的搭檔莉特，還有朋友媞瑟。」

「再加上一隻小蜘蛛。」

聽到戈梅茲這麼說，媞瑟有些開心地微微一笑。

憂憂先生從媞瑟的包包裡探出頭，抬起右前腳打了個招呼。

「牠叫憂憂先生。」

「憂憂……先生？」

「全名就是憂憂先生。」

「好怪的名字哪。不過聽起來很順耳。嗯，是個好名字。」

戈梅茲笑咪咪地站起身。

「走吧，我帶你們去村子。」

「那就麻煩你了。」

戈梅茲拄著枴杖緩步前進。

我們跳下走龍，靴子踩著汙泥跟上戈梅茲。

＊　＊　＊

森林裡有一個村莊，成排的小屋潛藏於林木之間。

這裡跟之前旅行時看到的祖各聚落不同，畢竟是給人類居住的村莊，小屋以木柱和土牆建造而成，是很常見的小村莊裡的民居。

「哎呀，席彥先生，好久不見了呢。」

「有客人嗎？之後跟我聊聊外頭的事情吧。」

「老太婆，飯還沒好嗎？」

村人們親切地向席彥主教打招呼，對我們這些客人很感興趣。

「全都是老爺爺和老奶奶呢。」

媞瑟輕聲說道。

村裡還有一些屋子看起來有一陣子沒使用了。

應該是因為這個村子沒有在招攬新居民加入吧。

「而且所有人的加護等級都滿高的。」

「你看得出來嗎？」

「大致落在20到25級之間，相當於B級下位冒險者。雖然現在年事已高，大概發揮不出力量了……要是佐爾丹有這麼多精銳，或許會寫下不同的歷史吧。」

但現狀不是如此。

這些人在佐爾丹的話，想必能成為亞爾貝那樣的英雄。

然而，他們靜靜地在這裡隱世而居。

村子深處有一棟稍大一點的房子。

其他小屋使用的材料都是生長在溼原上的細長樹木，只有這棟房子使用堅實的木材，蓋得很氣派。

地面似乎是鋪上沙子和石頭再以魔法固定住，房子應該已經在泥地上建成多年，卻沒有傾斜的跡象。

「大小姐！」

戈梅茲喊了一聲。大小姐？

「來了、來了，真是的！不要在年輕的朋友面前這樣喊我啦！」

玄關的門開啟，只見米絲托慕婆婆從裡面走了出來。

以及——

「你們怎麼追過來了呀～」

亞蘭朵菈菈一臉傷腦筋的模樣，但還是露出了開心的笑容。

＊　＊　＊

「那麼，妳準備怎麼辯解？」

「哎呀，要辯解的是你們吧？」

面對我的盤問，亞蘭朵菈菈撇開了頭。

「你們都已經遠離戰鬥了，這種事交給亞蘭朵菈菈姊姊就可以了。」

「什麼亞蘭朵菈菈姊姊。」

好久沒聽到這個自稱了。

從初到王都的少年時期開始，我和亞蘭朵菈菈就已經是朋友了，只要我想幫忙亞蘭朵菈菈解決危險的難題時，她總是會用這種話來打發我。那段日子真令人懷念。

我是在剛加入騎士團的時候認識亞蘭朵菈菈的，當時我九歲。

我那時候還小，在王都也沒有認識的朋友，亞蘭朵菈菈對我來說是少數可以放鬆聊天的對象。

哎，簡單來說，亞蘭朵菈菈在當時的我心中就像個大姊姊一樣……大致上可以這麼說吧。

不過，亞蘭朵菈菈確實有一半是可靠的大姊姊；但另一半卻是一不注意就會自己跑去插手大事件、讓人頭痛的大姊姊。

「總覺得你腦子裡在想一些很失禮的事。」

亞蘭朵菈菈瞪著我。

「唉……好吧，我知道了。我的確該跟你們說一聲才對。」

「這是當然的。如果妳自己應付得來，我們頂多只會替妳加油打氣，除非妳應付不來才會幫忙。要是我們反過來這麼對妳，妳一定會大發雷霆。」

「說、說得也是，嗯，我會生氣。不過莉特也這麼覺得嗎？」

「我？」

話鋒突然一轉，莉特被問個措手不及。

但她很快就答道：

「當然會生氣啊。」

莉特的表情有點可怕。

亞蘭朵菈菈對她來說也是重要的朋友，要是朋友沒來找自己商量就消失，她也會和我一樣生氣。

「對不起。」

聽到莉特的回答，亞蘭朵菈菈似乎終於願意承認自己錯了。

「唉呀，你們別這麼斥責亞蘭朵菈菈，錯的是被那些人盯上的我。」

看到我和莉特在責備亞蘭朵菈菈，端茶過來的米絲托慕婆婆為她袒護道。

「那麼，能不能告訴我們詳細狀況呢？」

等米絲托慕婆婆坐下，媞瑟便這麼問道。

＊　＊　＊

「敵人不僅將米絲托慕婆婆逼到最後一步，還帶著傷員從亞蘭朵菈菈面前成功逃脫了嗎？」

亞蘭朵菈菈和米絲托慕婆婆告訴我們的事情經過如下：

冬至祭當晚，亞蘭朵菈菈去找了米絲托慕婆婆。

原因有兩個。

其一是米絲托慕婆婆會施展「惡魔熾焰」這件事。

魔王軍的上級惡魔才會使用這種魔法，能將所有魔力化成火焰釋放出去，其威力相當恐怖。一名魔法師只能施展一次這個魔法，具有在萬軍激鬥的戰場上分出勝負的關鍵效果。

魔王軍在戰場上發動這一招後，我方潰不成軍，我們也身負重傷，被逼得差點全軍覆沒。

為什麼米絲托慕婆婆會使用這個魔法？

換作還在旅行的時候，我一定會調查這件事，但現在的我即使感到不尋常也不會追問多餘的事。

然而，亞蘭朵菈菈並不像我們一樣想要過慢生活，她現在依然是英雄。她似乎是覺得米絲托慕婆婆有什麼內情才會展開調查。

可能是因為一直保持警戒，亞蘭朵菈菈比誰都還要快發現那些流浪刺客盯上了米絲托慕婆婆。

即使是本領高強的殺手，若事先不知情，絕不可能避開能夠和植物溝通並加以操縱的「木之歌者」的監控。

這就是第二個原因。

冬至祭那天，亞蘭朵菈菈一邊和我們享受慶典，一邊又操縱著植物警戒米絲托慕婆婆的周遭，然後在米絲托慕婆婆遭遇危機時趕了過去。

「不過，敵人比想像中還要棘手。」

亞蘭朵菈菈皺眉。

「我本來以為米絲托慕多半可以反殺，所以發現落入下風時真的很著急。而且也沒想到他們還能逃離我的魔法。」

「在那個當下薩里烏斯王子的軍船也還沒到啊。如果知道這不是邊境佐爾丹的問題，而是大國維羅尼亞王國的問題，應該就可以預想到會出現高等級的加護持有者了吧……再來就是先找我商量之類的。」

「唔。」

亞蘭朵菈菈一臉被戳到痛處的模樣。

「我可以注意到加護等級的高低，何況兩個人一起上就不會讓那些殺手逃掉了。」

「那是因為……」

「再說一個人的話，就會因為要保護米絲托慕婆婆而抽不開身，沒辦法著手解決問題。妳們躲在這裡的期間也一直拿不定主意吧？」

「……嗯。我們確實在苦思下一步要怎麼走。」

即使亞蘭朵菈菈是能夠與魔王軍交鋒的大英雄，她也只有一個身體而已。

「所以從下次開始，妳至少先找我商量一下。妳自己能解決的事我也不會干涉啦。我很高興妳這麼重視我們的慢生活，但我不願意看到妳因此涉險。」

「真是任性的慢生活耶。」

「慢生活就是要任性啊。」

我們相視而笑。

下一刻——

「雷德。」

莉特伸出手臂從背後箝制住我。

「怎、怎麼了？」

「兩個人一起上是什麼意思？」

「咦？啊……」

「你自己講了那種話，卻沒有把我算進去嗎？」

莉特的手臂更加使勁。

雖然現在能感覺到莉特的體溫很令人幸福，不過她把力道控制在再用點力就會讓我痛到想死的絕妙平衡上。

「對不起，是我說錯話了。」

「知道就好。」

剛才的確是我失言。米絲托慕婆婆看到我們的樣子便笑了笑。

「真是支好隊伍呢。」

「哈哈！對老年人來說太過耀眼了些。」

米絲托慕婆婆和席彥主教互相這麼說道。

他們或許是想起了現役時代的自己。

……好隊伍嗎？

我被逐出了隊伍，然後大家一度分崩離析。但現在的我們確實是一支好隊伍吧。回過神之際，我也正愉快地笑著。

就在氣氛和樂融融的時候，外頭傳來了巨響和喧鬧聲。

「出什麼事了？我去看一下。」

席彥主教站起來走向外面。

「我也去看看。」

「雷德要去的話，我也去。」

我和莉特也站了起來。

「這裡就拜託媞瑟和亞蘭朵菈菈了。」

「好。」

心下隱隱感覺有股不安。

我將手放在腰間的劍柄上。

＊　＊　＊

走到外面，我和莉特就看到兩頭走龍正在作亂。

村裡的老人們想盡辦法要讓牠們冷靜下來，但激動的走龍沒有收斂的跡象。

「這是怎麼一回事！」

那是教會的走龍。

席彥主教看到被教會馴養得乖巧聽話的走龍出現異狀，連忙跑了過去。

「……！不行，席彥主教！快離開！」

我大喊道。

因為我從走龍的紅瞳中感受到了邪惡的智慧和惡意。

「牠們不是走龍！」

只見走龍跳到空中，用腳爪襲擊席彥主教。

席彥主教和米絲托慕婆婆一樣，縱使年事已高，仍舊是一直守護著佐爾丹的英雄。

他用左臂掩護要害，右手則迅速結印。

「唔！你們是什麼人！疾刃颶風！」

暴風魔法吞沒兩頭眼中充滿惡意的走龍。

用左臂接住爪子的攻擊並忍住疼痛集中精神詠唱魔法是極難的一件事。

不愧是佐爾丹的英雄；然而……

「什麼！」

席彥主教叫道。

走龍化為半龍半人的姿態，劈開風魔法往席彥主教直衝而去。魔法對他們沒用！

那兩個敵人的實力在席彥主教之上。

「別想得逞！」

「嘖！」

莉特丟出了投擲小刀。

由於她不是偷襲，而是大喊著丟出小刀，所以兩隻怪人輕輕鬆鬆就用爪子擊落小刀。不過也因為這樣，他們對席彥主教的攻擊也延遲了一瞬。

很足夠了！

「喝啊啊！」

我施展「雷光迅步」一口氣逼近，一劍砍向大吃一驚的怪人側腹。

擁有走龍鱗片的怪人身體很結實，我的銅劍沒有貫穿進去，只聽到鱗片發出令人不快的破裂聲。怪人腳一蹬地，輕盈地跳往後方隔開距離。

怪人的身姿扭曲起來，變回人類的模樣。

隨著變身，原本融進體內的衣服和劍都顯露出來。

他們是我在港區見到的流浪刺客中的兩個。

「被擺了一道啊。沒想到竟然用『走龍化身』變成走龍，沒有識破是我疏忽了。」

「不用在意。我們擁有扼殺自己心靈的技術，能夠任由獸心控制身體。沒有『賢者』的『鑑定』是看不出來的。」

雖然媞瑟說他們是師兄，但看來並不是同一種風格。

媞瑟是使用隱匿技術和劍的正統派；他們則是專挑效果近似魔法的「刺客」技能來戰鬥的類型吧。

流浪刺客們拔出短劍。

架式和媞瑟很像。戰鬥基礎果然還是師出同門啊。

既然如此，用劍風格也有辦法預測嗎？

我緩緩放低右手的劍，在警戒中採取下段姿勢。

「你很強啊。」

流浪刺客這麼說著，勾起陰險的笑容。

「我就喜歡殺強者。」

「是嗎？」

席彥主教在我背後。

被抓傷的左臂流著血，但他的戰意絲毫不減。

不過，對於已經不當冒險者的席彥主教來說，這個出血量很危險。

照理說應該立刻用魔法療傷才對，只是席彥主教對我並不熟悉，沒辦法交給我防守而自己專心治療。

「雷德，你防禦到底就好，我馬上施展輔助魔法……！」

席彥主教優先選擇支援我。這是很正常的判斷。

莉特到這裡恐怕要十二秒。

在她抵達前，我必須一邊保護席彥主教和村裡老人們一邊戰鬥。

十二秒很短，但足夠他們揮劍殺人了。

我凝神留意對方的動作，等待他們露出破綻。

「那傢伙讓給你，後面那女的留給我殺吧。」

「先殺先贏啊。」

「是這麼說沒錯啦，不過那女人的屁股和大腿觸感意外舒服。我一定要殺了她。」

什麼？

原來如此，莉特騎的走龍是那傢伙變的嗎？

原來如此、原來如此……他是不是提到了我家莉特的屁股和大腿觸感？

一股怒火衝了上來。我一口氣切換沉溺和平而變遲鈍的大腦開關。

就算席彥主教在看也無所謂了。我舉高劍，擺出充滿攻擊性的大上段姿勢。

「唔……」

大概是注意到我的思維改變了，流浪刺客們露出警戒的模樣。

但為時已晚。

鏗——！

劍與劍碰撞的金屬音。流浪刺客看到我用一步縮近距離而嚇了一跳，但還是迅速用劍進行防禦。

「噫啊！」

流浪刺客發出慘叫聲。

我在劍碰觸的瞬間抽了回來，再往前踏一步往對手的劍內側反砍回去。

劍刃穿過流浪刺客的防禦，刺入他的肩頭。

這是深入骨髓的重傷。

即使是經過鍛鍊的殺手也撐不住地倒下。

「嘖！」

見到同伴倒下，流浪刺客仍然很冷靜。

他當機立斷地砍向背對著他的我。

我抽出劍，轉身的瞬間往流浪刺客的拳頭打下去。

有擊碎骨頭的感覺。流浪刺客的動作靜止一瞬。

最後就是趁他疏於防禦時追加一擊。

「嘎嗚……！」

另一人也倒下了。

「呼……」

我緩緩吐出一口氣。一旦熱血上頭就很難平復下來。

「我聽說過你很有實力，卻沒想到竟是如此的高手。」

席彥主教呆愣在原地，連魔法都忘記施展。

糟糕，有點殺紅眼了。

「雷德！」

莉特衝了過來。

「你沒事吧！」

「嗯，沒事。」

「太好了！看你發出殺氣，我還以為遇到強敵了呢。」

看來害莉特擔心了。她放心地笑了笑。

「先回米絲托慕婆婆那邊去吧。這裡只有兩個流浪刺客，少了一人。」

這時傳來了爆炸的巨響。

米絲托慕婆婆等人所在的房屋窗戶噴出火焰。

房屋遭到火勢包圍，但有一個樹木巨人不畏火地從屋子裡爬了出來。

「那是亞蘭朵菈菈的樹人長老！」

樹人長老將手伸向燃燒房子的火焰，火焰變成一團離開了房子。

最後一個流浪刺客就在那團火焰中。

「這次不會再讓你逃掉了！」

坐在樹人長老肩上的亞蘭朵菈菈喊道。

她之所以臉上充滿自信，是因為森林是她的戰鬥場域吧。

稍遲過後，米絲托慕婆婆也從屋子裡飛奔出來。

她看起來沒有被火燒傷，大概是用魔法保護了自己。

「這次我的魔力可是很充足！不會再像之前那樣出醜了！」

米絲托慕婆婆也撂下狠話，將枴杖對準敵人。

但流浪刺客的視線沒有看向她們，而是往我們這邊看了過來。

「兩人都被幹掉了啊。」

看到倒在我背後的同伴，流浪刺客喃喃說道。

他並不焦躁，語氣很平淡。

「你也很快就會跟他們作伴了！」

樹人長老伸長右臂想抓住流浪刺客。

亞蘭朵菈菈沒有施展擅長的荊棘捆縛，應該是在提防火焰魔法吧。

就憑那個流浪刺客的火焰也不可能燒光巨大的樹人長老。

「噢噢噢……！」

流浪刺客吼叫起來，猛力揮動雙臂。

無數投擲小刀飛向樹人長老。

不過，就算身上承受著投擲小刀的攻擊，樹人長老的動作依舊不見一絲衰弱。

「就這點雕蟲小技！」

亞蘭朵菈菈喊道：

「武技：連鎖爆火遁！」

刺中樹人長老的小刀接連爆炸。

「唔！」

巨大如樹人長老也因為爆炸氣浪和火焰而搖搖晃晃，亞蘭朵菈菈被甩了下來，降落在地上。

儘管如此，她召喚的大精靈依然健在。

雖然受到了傷害，但不至於無法維持顯形。

然而——

「糟了！」

流浪刺客不見蹤影。

雖然是強勁的武技，流浪刺客自己可能也不覺得單憑那招就能打敗亞蘭朵菈菈吧。他甚至沒有確認攻擊是否有效就立即撤退了。

「不過這次看來是沒有帶走同伴的餘裕。」

我背後的流浪刺客們仍躺在原地。

真可惜，如果他過來的話，我就能攔住了。

不管怎樣，流浪刺客的氣息已經消失。

要是露緹在場還能另當別論，只靠我們幾人的話，即使可以一邊調查痕跡一邊追蹤，大概也很難追上。

「咦，媞瑟呢？」

莉特問道。媞瑟確實不見了。

「該不會她自己追上去了吧！」

莉特連忙打算追上去，而我則制止了她。

「沒用的，妳追不上。」

「可是！」

「媞瑟沒有留下讓我們追蹤的痕跡。這代表她一人就足夠了吧。」

媞瑟是想要獨自去做個了斷。

＊　＊　＊

利用「走龍形態」變成半龍半人的最後一個流浪刺客——多羅格以驚人的速度穿梭於森林中。

即使如此，他並沒有留下任何腳印，想來是因為有「刺客」的加護之力吧。魔法師同樣可以變身，卻做不到這一點。

因此，能夠像這樣追在他後面都得多虧地面泥濘，是走龍不擅長的地形環境。真幸運，一定要在這裡了結他。

我叫做媞瑟．迦蘭德。

是露緹大人的好朋友，也是隸屬殺手公會的殺手。

我在林木間奔馳，追趕著背叛公會的流浪刺客。

「嘖！」

踩到腐壞的樹根，多羅格的速度稍降了一些。

我立刻丟出投擲小刀。

只見多羅格身體一扭躲開了投擲小刀。果然被發現了啊。

不過，多羅格為了重整強行扭轉的姿勢，速度一舉大幅下降。

「是媞瑟嗎！」

多羅格看著已經進入交戰距離的我說道：

「沒想到會在這裡遇到妳啊！妳是接了公會的委託要處理我嗎！」

「我沒有義務回答你。」

我並沒有接到那種委託。我哪裡想像得到多羅格這些放眼大陸也屬頂尖的殺手竟然會來到佐爾丹這種地方。

但是，讓他保持警戒比較方便我動手。

如我所料，多羅格似乎明白了不在這裡打倒我就會一直被緊咬不放。

我和他一邊在森林中奔馳，一邊同時拔出劍來。

「沒想到事到如今還有機會跟妳戰鬥啊，媞瑟。雖然妳是天才，不過我現在就讓妳見識一下，只會聽從公會命令殺人的妳，和隨心所欲殺人的我之間所累積的歷練有多麼不同。」

「原來如此，你是累積了嘴上功夫的歷練嗎？」

「少胡扯了媞瑟！師父是很讚賞妳，但實戰是我更勝一籌！」

多羅格縱身一躍，瞪大雙眼帶著凶狠的表情朝我撲過來。

我也在同時跳了起來。

「暗殺之劍要讓人感受到如同流星墜落一般的驚愕。」

「你離開了公會還是很忠於師父的教誨嘛。」

為了跳到彼此的頭上，我們不斷蹬著樹木提升高度。

「「……！」」

我們都沒有叫出聲。口中發出不成聲的吆喝後，我和多羅格在空中交錯。

雙方的劍都揮空了。

「有一套嘛，但我已經看穿了……沒有下次了，媞瑟。」

降落在地面的多羅格笑著說道。我不發一語地舉起劍。

「別掙扎了，終究是我更勝一籌……投降吧，媞瑟。成為我的夥伴，我還可以饒妳一命。」

什麼？

儘管沒有影響到戰意，這句話確實出乎我的意料。

「聽從公會的人生太無聊了，肆意殺戮可是很棒的喔，媞瑟。超越於善惡之外才是所謂的『刺客』。無論什麼樣的權威還是財富，到了『刺客』面前都毫無意義。在刺殺的瞬間，『刺客』就是神。」

我……傻眼了。

「多羅格。」

「想投降了嗎？」

「只有三流貨色才會在殺人的時候廢話連篇。」

「是嗎……那太遺憾了！」

多羅格再次縱身躍起，臉上帶著勝券在握的笑容。

而我……

「什、什麼？」

我沒有跳，在地面奔跑了起來。

多羅格雖然一副措手不及的模樣，但還是揮下了劍。

來自上方的攻擊很難應對。

這招劍術是創造位於高處的有利條件，將形勢轉為「刺客」加護的優勢領域。

師父教導我們暗殺技術時，便傳授了這個必勝模式。

然而，多羅格誤解了師父的教誨。

他以為我也會跳起來，導致自己跳得過高。

多羅格剛才說看穿了我的招數，然而那是我故意使用他知道的招式，目的就是要讓他看穿。

攻其不備才是暗殺之劍的本質。跳躍不過是一種手段罷了。

而我揮劍就是一擊必殺，不會讓他有機會使用那個棘手的「武技：火遁」逃走。

第二次的交錯。這次傳來了命中的手感。

「嘎、哈……」

多羅格沒能順利著陸，「砰」的一聲狠摔在地上。

他用雙手撐起身體想站起來，但似乎使不上力氣。

「你自己也很清楚吧，這是致命傷。」

我的劍穿過骨頭縫隙直達內臟。

我走近流血呻吟的多羅格，準備給他最後一擊。

「等、等一下。」

多羅格看著我說道：

「不要殺我……」

他在求饒。我不會看不起他，殺手當然也怕死。

但我不能放過玷汙殺手公會名聲的流浪刺客。

「我告訴妳委託人是誰……拜託放過我吧。」

撤回前言，我看不起這傢伙。

對委託人的身分保密是身為殺手必須堅守的底線。

為了隨意殺人而離開公會的多羅格已經不是殺手，而是淪為了一個單純為殺而殺的殺人魔。

「……僱用你的人是誰？」

我壓下怒火問道。

暫且不談我的心情，這個情報對雷德先生他們很重要。

然而，我卻希望這只是多羅格為了讓我掉以輕心而隨口胡謅的謊。只是多羅格果真老老實實地供出了委託人的身分。

「是維羅尼亞王國的黎琳菈菈將軍……她要我殺掉在佐爾丹的米詩斐雅……使用米絲托慕這個假名的米詩斐雅王妃。」

「委託人是黎琳菈菈將軍。」

而米絲托慕婆婆的真正名字是米詩斐雅王妃。

雖然不知道詳細情況，不過她應該就是幾十年前失蹤的葛傑李克王的第一王妃。那艘軍船果然和多羅格還有米絲托慕婆婆都有關聯嗎？

「原來如此，感謝你的情報。」

「那、那麼！」

「嗯，我不殺你了。」

我嘆了口氣，轉身背對多羅格。

明明是絕佳的機會，多羅格卻沒有作勢要拿劍。

他一心為了活命而拿出治療藥水拚命地喝著。

多羅格咳嗽起來，發出把喝下的藥水都吐出來的聲音。

「我是不殺你了，但你身上的傷是致命傷。藥水早就不管用了。」

「啊，嘎……慢著……眼前……變黑了……」

「失血會出現什麼症狀你應該很清楚吧？畢竟至今你見過很多次了。」

我不再回頭看他，邁步走了起來。

多羅格很忠於「刺客」的衝動。

所以他才會脫離公會，去當一名可以盡情殺人的流浪刺客。

然而，多羅格卻成了與理想中的殺手相差甚遠的存在。

這讓我感到匪夷所思。

＊　＊　＊

「媞瑟回來了！」
莉特鬆口氣似的說道。
媞瑟平靜地走過來，憂憂先生坐在她的肩膀上。
看來她順利解決掉那個流浪刺客了。
「我回來了。」
「辛苦了。」
我把準備好的毛巾和水遞給她。
「謝謝。」
縱使媞瑟是高等級的「刺客」，在森林中追擊敵人並立刻展開戰鬥應該也會覺得疲憊。媞瑟慢慢地喝了口水，然後擦掉冒出的汗。
「雷德先生打倒的殺手呢？」
「他們都被綁起來丟進倉庫了。」

「這樣啊……」

「其他人那邊我會去解釋的，那些殺手就交給妳處置了。」

「謝謝。」

媞瑟將手放在佩劍的劍柄上，徵求同意似的看向我，於是我點了點頭。媞瑟舉步朝倉庫走去，卻又突然停了下來。

「……對不起，我剛才不該那樣。」

「嗯？」

「向雷德先生徵求同意的話，就會讓你也背負起我的工作。」

什麼啊，就這點小事。儘管我想這麼說，但媞瑟的神情比想像中還要凝重。

「我陪妳走到倉庫吧。」

我請大家先回屋子，接著和媞瑟一起走了起來。

走到離大家夠遠的地方後，我開口說道：

「我原本也是軍人，殺人的經驗多得數不清。事到如今不需要那種顧慮。」

「是……」

媞瑟是在懊惱自己剛才向我確認是否可以處理掉那些流浪刺客，因為這樣會變成是我決定要殺掉他們。

她似乎這麼想著，陷入自我厭惡的情緒中。

「殺人這件事並不會讓我感到後悔。我的加護就是這樣，這也是我一直以來的生存之道……只是，我總會忍不住期盼別人能給我殺人的理由。」

「畢竟殺手就是受人委託去殺人的工作嘛，這也沒辦法。」

「但我不太喜歡自己這一點。」

倉庫的位置沒有很遠，我們很快就來到了門前。

「關於這些流浪刺客。」

媞瑟用耳語般的細小聲音對我問道：

「他們很忠於『刺客』的衝動，應該遠遠比我還要忠實。但是，他們作為殺手既不純粹也不完全，這是為什麼呢？」

「道理很簡單。」

我相當乾脆地回了這麼一句，媞瑟有些驚訝地看著我。

「怎麼說……？」

「他們單純是順從加護的衝動，而妳是經過思考才當殺手的，僅此而已。」

「或許是這樣吧。就算不順從加護，我始終還是殺手。」

「嗯？」

「……雷德先生和露緹大人放棄當騎士和勇者，選擇過自己的慢生活。而我雖然過著慢生活，但並沒有放棄當殺手。」

「唔嗯。」

「這樣的我今後還可以繼續待在大家身邊嗎？我有時候會感到有點迷惘。」

說完，媞瑟垂下眼眸。

「這沒什麼關係吧？」

我語調輕鬆地答道：

「露緹和妳在一起時很開心，妳和露緹在一起時也很開心，所以妳們才會在一起不是嗎？」

「是的。露緹大人是個值得尊敬的對象，而且……」

「也像個需要人照顧的妹妹？」

「呵呵，是的，雖然很失禮，但我的確這麼認為。她明明又強又聰明，但置之不理又很令人放不下心……我和她在一起非常快樂。」

「不過，能注意到露緹這些魅力的人可是很少的。謝謝妳，媞瑟。」

「咦？啊，我自己也很樂意和露緹大人在一起。」

媞瑟害羞地臉頰微微泛紅。我見狀微微一笑。

「這樣不就好了嗎？就算妳是殺手，與朋友在一起會感到快樂的心情還是不會變，對吧？」

「真的可以嗎？」

「不需要為了我們而去否定身為殺手的自己。妳以殺手的身分繼續當露緹的朋友就可以了。重點只在於妳是露緹的朋友。」

「唔……」

「我確實有我自己想做的事，妳也有妳自己想做的事。但一碼歸一碼。我和露緹都是想和妳交朋友才和妳成為朋友的。」

「說得……也對。可能是太久沒有從事殺手的工作，導致我開始胡思亂想了……非常謝謝你。」

「另外，這只是我的個人想法啦。」

我說到這裡頓了一下，看著媞瑟繼續說道：

「我覺得妳的生存之道並沒有錯。妳就這樣當一個過著慢生活的殺手也沒什麼不妥的吧？」

「過著慢生活的殺手，這個說法好奇怪喔。」

媞瑟笑了笑，然後斂起表情。

「那麼，我去工作了。」

「嗯，去吧。」

儘管倉庫裡依舊一片寂靜，隨即有兩股氣息消失了。

＊　＊　＊

我和媞瑟回到米絲托慕婆婆的家之後，發現屋內果然留有燒焦的痕跡。

「對不起，直到被攻擊之前我都沒有察覺到他入侵到這裡。」

媞瑟看起來感到很抱歉。

「不要緊，我們這邊受到的損害也就我的房子和席彥受了點傷而已。」

席彥主教的傷口已經用恢復魔法癒合了，但年事已高再加上失血過多，現在正躺在床上休養。

「真要責怪誰的話，沒注意到自家走龍被掉包的席彥才是錯得最離譜的。別看他長得好像很聰明的樣子，那傢伙從以前就老是在關鍵時刻犯下失誤。」

米絲托慕婆婆和我們講了兩個席彥主教犯錯的故事。

趁著本人不在，米絲托慕婆婆自己說完又樂呵呵地笑個不停。

我們也被逗得開心地笑著。

「哎呀，水差不多燒開了。我去準備茶水和糕點。」

「啊，我來幫忙。」

米絲托慕婆婆動作輕柔地制止了正要起身的媞瑟。

「不用了，客人就好好休息吧。」

說完，米絲托慕婆婆便走進了廚房。

過了一會兒，她雙手捧著托盤回來。

「來，請用。」

放在桌上的是蘭姆酒的酒瓶和杯子。

不喝酒的媞瑟露出疑惑的表情。

「開玩笑的啦。」

米絲托慕婆婆臉上泛起惡作劇似的笑容。

接著，她把裝著紅茶的杯子放到我們面前。

紅茶裡加了幾滴蘭姆酒，茶面上還漂著一點點奶油。

「這是熱奶油蘭姆酒嗎？」

「沒錯，你竟然知道呀？」

這是一種很適合冬天喝的熱飲。以前在騎士團的時候，我從南方地區出身的同僚那邊聽來的。

「在維羅尼亞那邊啊，水手們會把多出來的蘭姆酒帶回家，讓母親或妻子拿去做菜，或者像這樣做成調酒。蘭姆酒的味道也象徵著家庭團圓。」

「米絲托慕婆婆果然是維羅尼亞出身的嗎？」

「嗯。」

咕嘟聲響起，媞瑟一口氣喝光熱奶油蘭姆酒後，呼出白色的氣息。

「好好喝喔。」

「那真是太好了。」

米絲托慕婆婆高興地笑了笑。

接著，媞瑟看著米絲托慕婆婆說道：

「和我戰鬥的那個流浪刺客，供出了僱他來殺妳的委託人身分。」

「「妳說什麼？」」

我和米絲托慕婆婆大吃一驚，不禁齊聲喊道。

「他們的委託人是維羅尼亞王國的海軍元帥，也就是高等妖精黎琳菈菈將軍。」

「這樣啊，是黎琳菈菈那傢伙嗎？」

米絲托慕婆婆露出混著訝異與理解的複雜表情。

「還有……」

媞瑟看似在猶豫是否該說出來的樣子繼續說道：

「他還提到了米絲托慕婆婆的過去。」

聽到媞瑟這麼說，米絲托慕婆婆頓了頓後點點頭。

「……事情都來到這一步了，再隱瞞下去的話，結果大概會變得更糟。我就向你們坦白吧。」

「謝謝。」

媞瑟鬆了口氣似的回道。

媞瑟在我們之中和米絲托慕婆婆的關係最要好。

她應該是很兩難地覺得不想瞞著我們，但也不能擅自揭露米絲托慕婆婆的過去。米絲托慕婆婆看到媞瑟的模樣便露出溫柔的笑容。

「雖然時間不長，卻害一起旅行過的同伴擔心了啊……不過，我絕對沒有想騙你們的意思。對我而言，米絲托慕這個名字無庸置疑是本名。再說，我被人家用這個名字稱呼的時間還更長呢。」

的確如此。

米絲托慕婆婆來到佐爾丹的時候是二十五以上不到三十的年紀。

她以米絲托慕這個身分在佐爾丹生活了四十年以上。

就算一開始是假名，如今也已經變成真名了。

總有一天我也會這樣吧。迎來作為雷德比作為吉迪恩活得更久的那一天。看著米絲托慕婆婆，我便覺得那一天的感覺一定很不錯。

「那麼，米絲托慕婆婆以前的名字是？」

聽莉特這麼問，米絲托慕婆婆點頭答道：

「我的另一個名字是米詩斐雅．渥夫．維羅尼亞。是維羅尼亞國王葛傑李克的妻子，維羅尼亞王國第一王妃，記得還被稱作葛傑李克海賊團二號艦船長『海賊公主』米詩斐雅。」

我並不是完全沒有料到。

失蹤的王妃跑到逃亡者們流落而至的邊境國家佐爾丹也不是不可能的事。不過就算有相關猜測，實際聽到還是很吃驚。

看到我們的表情，米絲托慕婆婆感到有趣似的笑了一下。

「那麼，該講出多少呢？」

「全盤托出如何？」

亞蘭朵菈菈對舉棋不定的米絲托慕婆婆說道。

「亞蘭朵菈菈已經聽過內情了嗎？」

「聽了一些。其實跟我好像也不是毫無關聯。」

「跟妳有關？但妳不認識還是米詩斐雅王妃的米絲托慕婆婆吧？」

認識的話，初次見面之際就會有所察覺了。

「並沒有直接的關係。不過，我認識葛傑李克和黎琳菈菈。」

「妳認識他們？」

「說是認識，但不是友好的關係。我是在探險船上當航海士時認識黎琳菈菈的，當時我是航海士長。雖然海洋並不是我『木之歌者』的拿手領域，不過也算是德魯伊系的加護，所以我看得見海洋精靈。」

「妳竟然還當過航海士啊？」

「大海的冒險不是很令人嚮往嗎？」

「確實是這樣沒錯……話說妳真的做過各式各樣的職業耶。」

「畢竟我活的時間更長一些呀！」

亞蘭朵菈菈一臉得意地回道。

儘管我多少耳聞一點，不過她年輕時究竟經歷過多少冒險啊？

「然後，有一天我們在反攻襲擊探險船海賊的時候，黎琳菈菈搶走一艘海賊船自己跑了。」

「這有什麼原因嗎？」

「當時各地掀起叛亂和革命，很多人都在戰爭中被抓起來賣掉當奴隸。高等妖精尤其可以賣到很高的價錢……黎琳菈菈好像是對那些奴隸商人忍無可忍吧。她成為海賊船的船長後，一艘接一艘地不停襲擊奴隸商船。

不過也因為這樣，她不能賣掉搶來的奴隸，又不得不照顧他們，所以資金很快就不夠用。她迫於無奈只好開始襲擊普通商船，然後就一路淪落為善良的人也不放過的凶惡海賊。」

「哦～黎琳菈菈那傢伙不太談及自己的過去，原來這就是她成為海賊的原因啊？」

米絲托慕頗有興味地說道。

「看到黎琳菈菈變成海賊四處作亂，我實在看不下去！於是我也弄來一艘船，和黎琳菈菈的妖精海賊團打了起來！」

「在這時候用一戰做個了斷還真是很有妳的作風呢。」

亞蘭朵菈菈也有這樣火爆的一面。嗯，我絕對不想和這個高等妖精為敵。

「那妳也認識葛傑李克嗎？」

「葛傑李克原本是一艘遭到黎琳菈菈襲擊的奴隸船上的奴隸。不曉得為什麼，她很中意葛傑李克。」

「他原本是奴隸啊？想必置身的環境很惡劣吧。」

「對呀，黎琳菈菈甚至寫信跟我說她撿到的少年快死了，希望能暫時休戰。我也於心不忍，還送了藥給他們呢。」

也就是說，亞蘭朵菈菈還是葛傑李克的救命恩人嗎？

「葛傑李克先是在黎琳菈菈的船上工作，後來以海賊的身分自立門戶。我實在沒想到他竟然會變成奪取一個國家的大海賊。

在葛傑李克嶄露頭角之前，我的故鄉祈萊明王國遭到霜巨人們侵略，我就把船處理掉，組織傭兵回祈萊明支援了。從那之後再也沒見過黎琳菈菈他們。」

「這、這次是率領傭兵打仗嗎？雖然我作為騎士和勇者隊友也有過不少經歷，不過妳年輕時未免過得太波瀾萬丈了吧。」

「嘿嘿嘿。」

亞蘭朵菈菈感到有些不好意思，似乎以為我在誇獎她。

「總而言之呢，如果我當初打倒黎琳菈菈和葛傑李克的話，米絲托慕的人生就完全不一樣了。所以我想我應該也有一點點責任在吧。」

「人生真是不可思議啊。明明已經活了一大把歲數，之後唯有平靜地等待戴密斯神的寵召了，卻又像這樣和左右了我人生的傢伙成為朋友。」

米絲托慕婆婆露出百感交集的微妙表情。

但我覺得其中最根本的感情，應該是感謝。

＊　＊　＊

「你們兩個的情況我們都了解了，接下來才是正題。」

聽我這麼說，莉特點點頭。

「要問我被盯上的原因吧？」

米絲托慕婆婆說完，放下了空杯子。

「薩里烏斯王子在找的人就是米絲托慕婆婆妳吧？」

「我沒直接問過，只能推測就是了……不過多半是這樣吧。」

米絲托慕婆婆聳了聳肩。

「為了佐爾丹著想，認命地去見他們也不失為一個辦法。」

「米絲托慕！」

亞蘭朵菈菈語調嚴厲地責備道。

米絲托慕婆婆臉上浮現傷腦筋的笑容。

我思忖了一下回道：

「既然這樣，為什麼黎琳菈菈要取米絲托慕婆婆的性命呢？」

「就是說啊。」

莉特的臉色也很凝重。

「黎琳菈菈看起來是薩里烏斯王子的重臣。但是，他們的目的顯然存在著矛盾。」

「對啊，薩里烏斯王子明明不惜對教會施壓也要找到米絲托慕婆婆，那些流浪刺客們卻知道米絲托慕婆婆的長相，也知道妳人在哪裡。」

我凝視著米絲托慕婆婆，觀察她的表情。

米絲托慕婆婆看了看我的眼睛，然後嘆了一口氣。

「在說之前我先問一句，這次的事你們打算牽扯到什麼地步？」

「米絲托慕婆婆是和我們一起去『世界盡頭之壁』旅行過的朋友。如果妳面臨危險的話，我們很樂意傾力相助喔。」

「亞蘭朵菈菈也對我說過同樣的話呢。真是的，就那麼一次冒險而已……不對，說起來冒險者就是這樣吧。從現役引退太久了，很多事我都忘了。」

米絲托慕婆婆移開視線，輕笑著說道：

「那麼，你們就陪我聊聊往事吧。」

幕間

流放王妃米詩婓雅的故事

五十年前，維羅尼亞王宮——

年輕時的米絲托慕——米詩婓雅公主身著美麗禮服，在大廳的中心翩翩起舞。她的舞伴是一名金髮青年，穿著燦爛耀眼的貴族華服，溫文爾雅的舉止吸引了大廳內所有人的目光。

跳完一曲，青年在管家的呼喚下離開。

「哎呀，皇姊。」

另一名女子隨即上前向米詩婓雅出聲打招呼。

她和米詩婓雅長得很像，但眉目較為柔和。

相對於米詩婓雅那樣享負盛名的美貌，她的美就像一朵人見人愛的小花。

「蕾諾兒。」

「彼特洛先生的舞技很棒吧？我和他跳舞的時候也覺得很愉快呢。」

「是啊。不過，個性是優柔寡斷了些。彼特洛先生畢竟是維羅尼亞王室旁系成員，真希望他在其他貴族面前可以展現出更多威嚴。」

「皇姊直到現在還是沒變呢。女性可是襯托男性的存在喔？」

「如果父王沒有生下繼承人，王位就會由彼特洛先生繼承。現在維羅尼亞需要的是強大的君主。身為賢妻不就應該為此扶持、引導丈夫嗎？」

「哇！竟然現在就在談論丈夫會繼位的事了！皇姊還真是野心勃勃呢。」

蕾諾兒稍微提高音量說道。周圍的貴族紛紛往米詩斐雅側目。

「哎呀，是我失禮了。」

蕾諾兒佯裝無辜地道了歉。她的表情充滿惡意地扭曲著。

「不愧是『大魔導士』大人呢，和我這種『鬥士』就是不一樣……不過，我很慶幸自己是『鬥士』的加護喲。畢竟花兒是需要呵護的吧？『鬥士』的固有技能是單純的能力強化，衝動也很小，像這種能夠讓人專心保養身體的加護可不多呢。」

「比起需要呵護的花朵，我更想成為可以治病的藥草。」

米詩斐雅堅定地回道。蕾諾兒用扇子掩嘴偷偷笑著。

「太了不起了。和皇姊聊天真是一件樂事。皇姊要是離開王宮的話，我可是會很寂寞呢。」

「我也想再多教妳一些事啊。」

維羅尼亞國王站到臺上，似乎有事情要宣布。

彼特洛站在他身邊，周圍的貴族們則獻上了掌聲。

「身為維羅尼亞的國王以及在場諸位的盟主，我很高興能與大家一同慶祝這值得紀念的日子。」

掌聲再次響起。米詩婓雅注視著臺上，臉上浮現又是欣喜又是憂鬱的複雜表情。

然而，這個表情在她意想不到的情況下崩壞了。

「肩負著我深愛的維羅尼亞諸君，在今天這個場合，我希望你們能擔任我的愛女蕾諾兒・渥夫・維羅尼亞與我親愛的忠臣彼特洛・渥夫・札奇宣誓結婚的見證人。」

整個會場鴉雀無聲。接著，人們困惑地交頭接耳了起來。

「陛、陛下……是蕾諾兒殿下嗎？不是米詩婓雅殿下？」

「是的。我並沒有說錯，正是蕾諾兒和彼特洛。」

米詩婓雅難以置信地盯著臺上二人，看到彼特洛在臺上展現天真無邪的笑容，她這才理解發生了什麼事。

米詩婓雅臉色蒼白地握緊雙拳。

「此外……」

接著走上臺的是歐思羅公爵，維羅尼亞的貴族們見狀都別開了視線。

「我女兒米詩斐雅的才能，獲……獲得了、我、最為信賴的……歐思羅公爵的高度讚賞。」

維羅尼亞國王難掩不甘心，嗓音顫抖了起來。他的臉上沁出汗水，雙目充血。

這張表情是他身為統治維羅尼亞王國的君王所能做的唯一抵抗。

國王不停稱讚著歐思羅公爵。

最後他這麼說道：

「我要將我的女兒米詩斐雅許配給歐思羅公爵，希望諸位能與我一同分享這份喜悅。今天是值得慶祝的日子。」

「可、可是陛下，歐思羅公爵已有正室夫人了呀。」

一名老貴族戰戰兢兢地說道，周圍的貴族也紛紛點頭。

歐思羅公爵陰惻惻地笑著，代替維羅尼亞國王回答這個問題。他笑的時候還露出被蛀黑的牙齒。

「我會將米詩斐雅殿下納為妾室。」

「豈、豈有此理！」

大概是忍無可忍了，老貴族喝斥：

「米詩斐雅殿下是維羅尼亞王室的第一公主啊！此、此等暴行，即使是公爵……」

「有什麼問題嗎？」

貴族們啞口無言。見到他們的反應，歐思羅公爵滿意地點點頭。

對於這種連藉口都不找的公爵，貴族們有股維羅尼亞王國氣數將盡的預感。

儘管維羅尼亞王國現在是赫赫有名的大國，但短短五十年間就衰弱至此。舞會結束後，米詩斐雅無力地坐在自己房間的椅子上，這時蕾諾兒出現在她面前。

蕾諾兒面帶笑容，眼中充滿勝利的驕傲。

「恭喜訂婚。祝妳幸福喔……苦苦的藥草小姐。」

＊　＊　＊

外頭傳來海鷗的叫聲。

這裡是船上的客艙。

米詩斐雅出嫁所使用的船是一艘單桅舊式帆船。歐思羅公爵的使者就用這麼一艘簡陋的船來迎接米詩斐雅公主。

船隨著海浪的起伏發出嘎吱聲，船艙微微晃動著。

米詩斐雅穿著昂貴的白禮服，悲傷地垂頭坐在客艙內的椅子上。

到頭來，她即使傾盡了一切，也沒辦法推翻即將被納入歐思羅公爵後宮的屈辱。

如果這麼做對維羅尼亞王國有幫助，米詩斐雅並不吝於犧牲自己。

然而，這樁婚事造成維羅尼亞王國威信掃地，只不過是向周邊諸國說明維羅尼亞王國有多脆弱而已。

這個曾經匹敵阿瓦隆尼亞王國的大國已經快走到盡頭，任誰一定都會這麼想。米詩斐雅強忍著眼淚不哭，但若不咬緊嘴唇感覺情緒就會崩潰。

「拜託了……誰來救救我。」

米詩斐雅雙眼泫然欲泣，當她輕聲吐露出這句話之際，外面忽然一陣騷動。

男人們的怒吼響起，夾雜著金屬碰撞聲。

米詩斐雅察覺情況有異，便拿起斜靠在房間牆上的魔杖。

一會兒後，房門被粗魯地打了開來。

「哦？」

出現的男人這麼說道。

他臉上有無數傷疤，眸光銳利，表情洋溢著自信。

這個男人與米詩斐雅以往見過的維羅尼亞貴族們完全不同。

「這艘船上最值錢的財寶果然是妳啊。」

「你這海賊想做什麼！明知這艘船上有王族還敢這樣作亂嗎！」

「王族？哈！把公主賣給公爵當愛妾的王族有什麼威勢可言啊？」

海賊如此嘲笑著，米詩斐雅的臉龐因恥辱而漲紅。

「住口！就算現在充滿恥辱地趴在地上，我有朝一日必定奪回維羅尼亞王國！歐思羅公爵的家族實力雄厚，只要能博得他的歡心，讓我的孩子繼承他的幾塊領地……」

「憑妾室的身分不太可能吧？那老頭只是個色鬼而已，並沒有特別喜歡像妳這樣勇敢的女性。他感興趣的……」

海賊走近米詩斐雅，伸出手指戳了戳她的胸部。

「呀啊！」

米詩斐雅吃驚地用雙手護住胸部。

「只是這個罷了。」

見米詩斐雅怒瞪過來，海賊輕輕吹了聲口哨。

「妳不想過著後宮生活嗎？可以享盡榮華富貴喔。」

「我是公主，為這個王國而活，為這個王國而死，我就是為此而誕生的！」

「活得還真不自由啊。」

「區區海賊又怎會懂王族的生存之道！」

海賊勾起一抹壞笑。

「說得對，我對王族的這種生存之道很有興趣。如何，不然妳來教教我吧？」

「你在說什麼……」

「妳是我見過最棒的財寶，讓給公爵那種貨色實在太可惜了。」

「呀啊！」

「妳就由我收下了。畢竟我是海賊嘛。」

「你、你這人！」

「放心，妳不用放棄妳的夢想……我會稱王。」

「稱王……？你究竟在說什麼……」

「我的加護是『帝王』。這可是相傳只有初代阿瓦隆尼亞國王才有的稀世加護。」

葛傑李克拉起米詩斐雅的手，打開了船艙的門。

迎面撲來一股海風的味道。

「我名叫葛傑李克！沒有姓氏，也不知道父母長什麼模樣，就只是葛傑李克！但我會成為維羅尼亞的國王！」

「咦？呃……」

「公主殿下！我要妳成為我的左右手！指點我本人——海賊葛傑李克身為君王的生

存之道！而我會為妳重振維羅尼亞，壯大到無須再把那些混蛋貴族放在眼裡的地步！」

海賊霸王葛傑李克——後來的維羅尼亞國王用力拉著米詩斐雅的手臂走了起來。雖然一開始腳步踉蹌，米詩斐雅隨即靠自己的雙腿緊跟在葛傑李克後面。兩人穿過狹窄船艙的門扉，走到寬闊的外頭。

「帝王」的加護。根據紀錄，僅初代阿瓦隆尼亞國王曾持有此加護。論稀有度，恐怕在「勇者」之上。

傳聞中，阿瓦隆尼亞人的祖先是遭到前代勇者之子統治的蓋亞玻利斯王國放逐的貴族及其家臣。

當時他們被放逐到荒涼無比的邊境地區，連一個村落都沒有。

於是，他們召集人手，開拓未開墾的大地，時而對抗來襲的魔物，最後成為建立阿瓦隆尼亞王國的大英雄。

在這個人生取決於加護的世界，葛傑李克生來注定要稱王。

＊　＊　＊

「每個人都有份，可別偷拿啊！」

「是，大小姐！」

從禮服換成輕便海賊服的米詩斐雅拿著魔杖向海賊們下達命令。她的魔杖不是以往用的那支，而是加工得又細又尖的金屬杖，也可以當刺突劍用。她的腰間還佩帶著收納魔杖的護鞘。

海賊遵照米詩斐雅的命令，從敵船搬走掠奪品。

「妳已經習慣做海賊這一行了嘛。」

葛傑李克身旁站著一名長耳朵的獨眼高等妖精——黎琳菈菈。

「黎琳菈菈大人來了啊。」

「別叫什麼大人，直呼黎琳菈菈就行了。」

似乎是受到兩人的笑容感染，米詩斐雅曬黑的臉上也漾起笑意。

＊　＊　＊

暗黑大陸西岸港口——

葛傑李克等人襲擊了這個住著大鬍子矮人和獠牙獸人的港口。這裡有形形色色阿瓦隆大陸看不到的武具、兵器及魔物。

像鞭子一樣柔韌有彈性的薄刃刀劍、引爆鍊金術炸藥將船錨釘進去的鎚子，以及將鎖鏈安裝在巨人頭蓋骨上的奇怪武器。

矮人的機械弓只須扣下扳機就能連射箭矢，朝海賊們襲擊而去。

海賊們展開激戰、四處奔走，然後扛著財寶掀起歡呼。

無數身影朝搭船逃往海上的葛傑李克跳了過來。

「右滿舵！全速前進！」

葛傑李克喊道。

在空中飛舞的是風之四天王甘德魯麾下的精銳飛龍騎兵。

「船長！我們好像不該對魔王軍的物資出手啊！」

「蠢東西！身為海賊還怕魔王像話嗎！」

他的背後傳來強烈閃光和爆炸聲。

「哇啊啊啊啊啊！」

海賊慘叫起來。船隊中的一艘船遭到雷鳴纏繞的暴風槍貫穿，一分為二沉入海底。

「暴風槍！是誰幹的！」

「是我。」

右手抓著閃電的白髮風惡魔騎在飛龍上，居高臨下地看著海賊們答道。

勾當。

「那是和四天王甘德魯同族的將軍！連上級惡魔都來了嗎！」

黎琳菈菈叫道。她在戰火中失去自己的船後，便來到葛傑李克的船繼續從事海賊的

惡魔再次變出巨大的暴風槍。

「這艘船還真是老舊啊，該不會是從博物館裡偷來的吧？住在荒野的放逐者嗎……你們究竟是發了什麼瘋才敢來動我們的倉庫？」

「少囉嗦！財寶擺在眼前卻嚇得逃走的傢伙哪配當海賊啊！」

「憑這種船還敢自稱海賊？愈來愈莫名其妙了。不過算了，反正你們橫豎都得死在這裡。」

「混、混帳！有種下來和我一決勝負啊！」

儘管葛傑李克叫罵著揮動軍刀，但風惡魔毫不放在眼裡地丟出了暴風槍。就在這一瞬間——

「操控之風！」

米詩斐雅結印發動魔法。包圍著暴風槍的風不自然地擴散開來，往船帆凝聚成強力的順風。

「什麼！」

惡魔的表情首次出現變化。

暴風槍會追蹤目標。面對這招必殺魔法，米詩斐雅以能夠控制風的中級祕術魔法「操控之風」來對抗。

當然，即使控制住風也無法阻止暴風槍。不過，她可以操縱暴風槍所產生的風，使其化為船的推進力。

暴風槍一逼近，船便加速駛離。海賊船將暴風槍和惡魔一起甩在了後頭。

「呀呼——！」

葛傑李克大聲歡呼。然而，風力過強造成桅杆彎曲，嘎吱嘎吱地發出不祥的悲鳴。

「船長！再這樣下去桅桿會斷掉的！」

一名海賊一臉快哭地這麼說道。葛傑李克卻勾起嘴唇，朝桅杆踹了一腳。

他對臉色發白的海賊們付之一笑，然後大聲嚷嚷：

「你可不准斷掉啊！既然是我的船就給我展現出毅力！」

「太胡鬧了吧。」

米詩斐雅傻眼地說道。

「胡鬧不就是海賊每天的家常便飯嗎！咯哈哈哈哈！」

「……說得也是。」

明明置身危機，米詩斐雅卻也跟著葛傑李克笑了起來。

「本來是要妳教我怎麼當王的……沒想到反倒是妳先學會怎麼當海賊了啊！」

「這全都要怪你啊，葛傑李克！……你可得負起責任喔。」

聽到米詩斐雅這麼說，葛傑李克咧開大嘴發笑。

第四章 各自的目的

森林裡的避世村莊，米絲托慕婆婆家中——

米絲托慕婆婆生動有趣地描述著她半輩子的經歷。

「於是我們在暗黑大陸四處作亂，最後偷走魔王的船回到了維羅尼亞王國。」

「然後呢、然後呢！」

莉特催促著後續。

米絲托慕婆婆講的是流放公主邂逅海賊的羅曼史，以及一路橫越至暗黑大陸的冒險戰記。

對於曾經是頑皮公主的莉特來說，這些故事一定很有趣吧。

「魔王的船用了阿瓦隆大陸沒有的未知技術，是以蒸汽和魔法驅動的巨大鋼鐵戰艦。帶著這種玩意兒回來，歐思羅公爵早就不是對手。當時維羅尼亞王國正好因為哥布林王暴動而陷入混亂，我們便和他們協議可以作為私掠艦隊維持治安，藉此換取葛傑李克的貴族地位。」

後來的歷史我也知道。

葛傑李克掌控軍隊後發動政變，拿下了米絲托慕婆婆的父親維羅尼亞國王。

「我現在偶爾還會夢到那些事。」

米絲托慕婆婆閉上眼睛，似乎在回憶當時的情景。

* * *

王座廳的門被海賊攻破。

「米詩斐雅！妳身為公主竟要消滅王室嗎！」

米詩斐雅站在葛傑李克身邊，臉色平靜地承受著父親維羅尼亞國王的吶喊。

「父王，國家必須強大起來。任由歐思羅公爵那種貪圖私慾的腐敗貴族予取予求，連續戰敗導致損失大半領土，甚至連救助遭到哥布林王襲擊的村莊都做不到……都陷入這種困境了，王宮裡的王族還在為了自保而不停內鬥，試圖抓住虛幻不實的權力，這些人何來活下去的價值？」

「那妳要我怎麼做！國王這個名號不過是個空殼，我的手下只有連盜賊都打不過的貧弱王軍和光明正大私吞國庫的貴族啊！這種情況下我到底還能做什麼！」

「就因為什麼都做不到，所以才是罪過！難道國王在這裡感嘆自身無能，就能拯救那些視王室為依靠的國民嗎！」

面對米詩斐雅的譴責，維羅尼亞國王頹喪地垂下頭。

「既然如此，妳應該清楚要怎麼做了吧？」

「是的。」

維羅尼亞國王看向葛傑李克——下一任維羅尼亞國王。

「葛傑李克，你和我不同，具備力量、智慧以及勇氣。」

「…………」

「我只能告訴你一件事……千萬別手下留情。」

「什麼意思？」

「王族只要有一人苟活，必定會有人打著血統的名義與新的王室作對。既然你要繼承王位，就絕不能手下留情。慈悲會引來復仇，寬容會埋下殺機，為君者就是如此。」

維羅尼亞國王拔劍抵在自己的喉頭上。

「葛傑李克，你當真擁有『帝王』的加護嗎？」

「對，是真的。」

「那麼，這就是必然的結果了。真令人羨慕啊。你知道我的加護是什麼嗎？」

「不知道，米詩斐雅也說過她不知道。」

「畢竟不好聲張出去啊，只有極少數人知道。我的加護是『藥師』。這本來就與君王的人生不相稱……我其實並不想當王；在小小店鋪賣藥維生才是我所期望的生活。」

維羅尼亞國王落寞地笑了笑，然後閉上雙眼，一口氣將劍刺進喉嚨。

親信們悲痛驚叫。葛傑李克闔眸一會兒，對逝去的國王表示敬意之後，遵照他的訓誡，毫不留情地殲滅了倖存的人們。

＊　＊　＊

「不過，我們沒能殺掉蕾諾兒。」

「另一個維羅尼亞王妃蕾諾兒嗎？」

我也認識蕾諾兒王妃。這喚起了我一些不愉快的記憶。

「雷德？」

「不，沒什麼。」

大概是察覺到我的臉色沉了下來，莉特擔心地問道。

我搖搖頭，催促米絲托慕婆婆繼續說下去。

雖然我信賴米絲托慕婆婆，不過現在沒必要提起我見過蕾諾兒王妃的事吧。

「我的妹妹……蕾諾兒率先將自己的丈夫交給葛傑李克以示服從。若是在那個情況下殺了投降的貴族，剩下的貴族會怎麼想？他們會覺得既然投降沒用，那就唯有抗戰到底吧。縱使我們的兵力遠遠超過所有貴族，戰爭拖太久恐怕會有其他國家介入。我們希望儘早平息國內紛亂，只好將她送進修道院。」

米絲托慕婆婆露出苦笑。

「最妥善的法子應該是事後再把安分待在修道院的蕾諾兒暗殺掉吧。我太天真了，父王是對的。因為最終是我被趕了出去，而蕾諾兒坐上了葛傑李克王的王妃寶座。」

「可是！葛傑李克和米絲托慕婆婆之間除了利益關係也有愛情吧？葛傑李克不是愛著米絲托慕婆婆嗎！」

莉特無法接受地抗議道。

米絲托慕婆婆搖了搖頭。

「葛傑李克的加護是『帝王』，其職責就是稱王。然而稱王並不是終點，他必須一直當王才行……為此，我們需要繼承葛傑李克與維羅尼亞王室血統的王子。這是用來證明葛傑李克雖然是從海賊發跡一路爬上王位，但只要繼承他的權力，依然是正統的王室血脈。」

「那米絲托慕婆婆……」

「懷了三次都是死胎。那時候太煎熬了……我實在不敢正視不會哭的孩子。」

莉特臉上充滿哀傷。

……不對，等一下！我揚聲說道：

「薩里烏斯王子不是米絲托慕婆婆的孩子嗎？他的王位繼承順位之所以下降，是身為母親的米絲托慕婆婆失蹤所導致的吧？」

「……這就是如今將佐爾丹連累進來的原因，也是我和黎琳菈菈犯下的大罪。」

「難道說，薩里烏斯王子他……」

「對，他不是我的孩子。他是第三次死產的時候，黎琳菈菈不知從哪兒帶來的孩子。那是髮色和眸色都與葛傑李克相同的嬰兒。」

薩里烏斯王子不是葛傑李克王的孩子。

這個消息無疑是一顆足以轟動整個維羅尼亞王國的超大震撼彈。

「葛傑李克當時已經將蕾諾兒納為側妃了，畢竟無論如何都需要能夠繼承王室血脈的王子。如果蕾諾兒先懷孕的話，我和黎琳菈菈這些從海賊時期跟過來的派系就會陷入不利的情況。」

「所以黎琳菈菈背叛了葛傑李克是吧？」

亞蘭朵菈菈一臉不悅地說道。

對高等妖精而言，背叛他人的信任是最可恥的行為。

亞蘭朵菈菈似乎無法認同黎琳菈菈的做法。

「我們別無選擇。」

「一段時間沒見，黎琳菈菈好像忘記了自己是高等妖精呢。我果然該趁她還在當海賊的時候除掉她。」

亞蘭朵菈菈不屑地啐道。

她看起來怒氣沖沖。

「亞蘭朵菈菈的心情我能理解啦……但妳可不要直接殺進黎琳菈菈的船喔？」

「唔嗯嗯……」

聽到我的忠告，亞蘭朵菈菈雙臂環胸發出沉吟聲。

「真的啦，我求妳了！」

看來她還滿認真在考慮要去找黎琳菈菈……實在無法放心。

「我不能原諒葛傑李克王這個負心漢！」

這次換莉特發飆了。

「就算衝動再強烈，怎麼會偏偏選中米絲托慕婆婆的仇敵啊！」

「莉特的心情我也能理解啦，但妳對米絲托慕婆婆這麼說也無濟於事啊。」

「換作是我的話，我心裡只會有雷德一人呀。」

突然飛來這麼一句，這次輪到我傷腦筋了。

「呃，咳咳，言歸正傳吧。」

「啊哈哈，也對，言歸正傳吧。」

米絲托慕婆婆看到我們的樣子後笑了。

現在談的理應是心酸的過往，米絲托慕婆婆臉上卻沒有一絲陰霾。

可能是待在佐爾丹的時光讓維羅尼亞所發生的事都成了回憶吧。

「不過最關鍵的薩里烏斯王子和黎琳菈菈的立場都已經告訴你們了。再來嘛……」

「找到頂替的王子後，照理說米絲托慕婆婆妳們的立場就守住了；但妳離開了維羅尼亞。」

「我不曉得蕾諾兒是從哪裡刺探到消息的，她威脅我說薩里烏斯王子的事她都知道了。我當時也早就心力交瘁……最重要的是，我和黎琳菈菈被處刑可以當作無可奈何的結果，但薩里烏斯王子是無辜的。即使不能繼承王位，我也希望那孩子能安安穩穩地活下去。」

「所以妳答應了蕾諾兒的要求嗎？」

「對，我沒留下一句話就離開了維羅尼亞。如此一來，蕾諾兒就能從側妃升格為正妃，繼承王位的也會是她的孩子，事情就是這樣。」

因為這個緣故，米絲托慕婆婆才會離開維羅尼亞，移居至佐爾丹。

她也是被放逐的人。

「原來如此，總算弄清楚整件事的全貌了。」

儘管我對米絲托慕婆婆的人生有一些想法，不過還是先回到當前的問題上吧。

薩里烏斯王子和維羅尼亞海軍在找的人確實就是米絲托慕婆婆。

用教徒名簿查出大約四十五年前移居佐爾丹的「大魔導士」。米絲托慕婆婆的「大魔導士」是稀有的最高階加護，佐爾丹就她一人而已。薩里烏斯王子的目的大概是找到米絲托慕婆婆，將她帶回維羅尼亞好提升王位繼承順位吧。

雖然風險很大，但為了繼承王位，薩里烏斯王子只能這麼做。

「可是，薩里烏斯王子的部下黎琳菈菈應該另有目的。」

黎琳菈菈不希望米絲托慕婆婆回到維羅尼亞。

她想在薩里烏斯王子接觸米絲托慕婆婆前除掉她。

「黎琳菈菈是不是怕米絲托慕婆婆回去之後，蕾諾兒王妃會揭穿薩里烏斯王子的真相呢？」

「我也這麼覺得，但沒有確切依據就是了。」

「要求教會提供教徒名簿，打算在掩人耳目的情況下找到失蹤的王妃。這個做法乍看很有道理，但『大魔導士』米絲托慕婆婆在佐爾丹是風雲人物，事先查一下應該很容易就找到了。」

莉特也點點頭。

「的確。就算不跟人打聽，光是查資料就能知道這些事了。」

「整理一下情況吧。王子得知米絲托慕婆婆可能在佐爾丹之後，命令黎琳菈菈找出米絲托慕婆婆，但黎琳菈菈慌了。因為米絲托慕婆婆是會給王子和黎琳菈菈招來殺身之禍的致命人物。」

因此，黎琳菈菈故意兜了這麼大的一個圈子。

「她爭取到時間，打算趁機利用流浪刺客解決掉米絲托慕婆婆。」

「這麼一想，每一件事都說得通了呢。」

聽完我的話，米絲托慕婆婆欽佩地搖了搖頭。

「真是了不起啊。若你今後能留在佐爾丹，我也可以放心引退了。」

我不禁嘴角上揚。

露緹也被人這麼說過。

總覺得我和露緹並肩而立了……有點不好意思。

「那麼，關於接下來的事。」

「嗯。」

「把這些事回報給露緹後，我在這邊的工作就結束了。」

我的工作並不是解決這起事件。後續交給露緹就沒問題了吧。

「啊哈哈，原來如此，你的格局可比我還要大啊。」

說著，米絲托慕婆婆笑了起來。

「我是一個什麼事都想自己解決的市長。有雷德你這樣的人才，佐爾丹往後定會成為更好的國家。」

「我沒打算當市長喔。」

「不當市長也沒關係。只要在自己居住的地方做好自己認為正確的事情就好。大家都這麼做的話，一切都會順利起來的。雖然腦中明白這個道理，但我實在是太愛管閒事了啊。」

米絲托慕婆婆對於自己當市長的方針似乎有所反省。

「所以！你們繼續保持這樣就好，這麼做就可以了。我很期待你們為佐爾丹創造的未來喔。」

米絲托慕婆婆心情極好地說道。

然而，我和莉特都聽出了這句話的弦外之音。

佐爾丹就算沒有自己也不要緊……因此在最糟的情況下，米絲托慕婆婆打算主動去找黎琳菈菈。

「我不想這樣。」

莉特小聲對我說道。

「嗯，是啊。」

我也不帶一絲猶豫地點頭回道。我們的慢生活不能建立在米絲托慕婆婆為佐爾丹犧牲之上。

「那麼米絲托慕婆婆的事就討論到這裡。接下來該完成我和莉特本來的目的了。」

重整心情後，我稍微提高音量說道。

「本來的目的？」

亞蘭朵菈菈偏頭不解。

因為發生太多事差點忘了……我們是來找亞蘭朵菈菈請教椰子的採集方法的。

「其實我有件事想和妳談談。」

我將情況告訴亞蘭朵菈菈。

米絲托慕婆婆臉上帶著笑容，開心地聽著我們的談話。

＊　＊　＊

談完事情後，我們各自去休息。

外頭天色已經昏黃，我們打算今晚住下來，明天早上再回佐爾丹。

米絲托慕婆婆的家在打鬥中被燒得到處焦跡斑斑，媞瑟和憂憂先生正在跟村裡老人們一起幫忙打掃。

「蕾諾兒王妃啊……」

與莉特一起在客房休息的我這麼嘀咕道。

「維羅尼亞王妃蕾諾兒嗎？她有很多負面傳聞耶。」

「她是維羅尼亞王國親魔王軍派的核心人物，還有阿瓦隆尼亞王國的貴族稱她是人類公敵呢。」

「人類公敵啊……她是魔王軍和維羅尼亞王國締結中立互不侵犯條約的發起人，在我的國家也有很多人討厭她。」

「在阿瓦隆尼亞王國那邊是一致惡評。」

「不過實際上又是如何呢？啊，她是趕走米絲托慕婆婆的壞女人這點無庸置疑，我的意思是她到底有多壞。」

「唔……這個嘛。」

想起往事，我露出不快的表情。

「雷德，難道你見過蕾諾兒王妃嗎？」

看到我的臉色，莉特似乎有所察覺地問道。

「嗯，當時我還沒升格為騎士，還只是個從士。」

見過蕾諾兒王妃的外國人很少。

她不會出席外交場合，是個把重心放在和本國貴族往來的王妃。

如果說黎琳菈菈是海軍之主，將蕾諾兒王妃形容為握有領地的封臣之主大概是最貼切的吧。

約莫六年前，我曾和老騎士上司一起前往維羅尼亞王國。

任務是外交與調查。

當時，兩國間的紛爭告一段落，關係正逐漸趨緩。

維羅尼亞王國的外交官也致力於和平共處，上司負責交涉，我則在這段期間調查並回報維羅尼亞的情況。

正當調查進展順利之際，我偶然遇上了蕾諾兒王妃。

「蕾諾兒王妃的外貌是個娃娃般的少女，看起來只有十五歲左右而已。」

「咦咦？王妃可是米絲托慕婆婆的妹妹耶！應該將近七十歲高齡了吧？」

「可能是用魔法和鍊金術對身體動過許多手腳，讓外貌永保年輕吧。聽說她大肆濫用了昂貴的魔法材料。」

那個配方似乎是某個鍊金術師一派傳下來的祕方。這方面的知識我也不太清楚。

「蕾諾兒王妃隱瞞身分接近我，企圖拉攏我加入維羅尼亞王國，而我當然拒絕了。只是……」

「只是？」

「這觸怒了王妃。她表明身分後，派兵試圖偷襲阿瓦隆尼亞王國，破壞了雙方本來走向和睦的關係。」

「王妃只因為生氣就推翻了外交關係嗎！」

「而且我和上司騎士還遭到逮捕，差點就被處決了。」

「咦咦！把前來進行外交工作的騎士處決沒問題嗎！這可不是一點小紛爭就能消停的耶！」

「情況很危急啊。如果我和上司死在那裡可能會引發全面戰爭，所以我們拚了命地逃了出去。真的是吃了很大的苦頭。」

「要是阿瓦隆尼亞和維羅尼亞爆發全面戰爭的話，魔王軍來襲的時候，人類的王國或許轉眼間就滅亡了。」

「我後來才知道，黎琳菈菈在快要越過國境的時候撤軍了。不過，這件事似乎讓蕾諾兒在國內散布流言說黎琳菈菈這個海軍元帥年紀大了就開始膽小怕事，藉此強化自己的立場。」

「唔……真不曉得該說這位王妃是優秀還是愚蠢呢。」

莉特也是王族，還是軍事王國洛嘉維亞公國的公主，周邊諸國之間的問題她應該很了解。

正因如此，莉特明白戰爭是有分階段的。她知道並不是打一場不觸犯雙方底線的戰爭就能了事。

蕾諾兒只因自己一時的歇斯底里就想要跨過那條底線，在莉特眼中應該是個陷國家於不利的愚蠢王妃吧。

「不過，幸好蕾諾兒王妃沒有來佐爾丹。一來她知道我的身分，二來我也應付不來那個王妃。」

「雷德竟然也有應付不來的敵人呀。」

「當然有啦。但那時候的我還是個見習騎士……現在應該有些長進了吧。」

「之後再跟我詳細說說你的那些事吧！」

「回去佐爾丹把事情處理得差不多之後，我會告訴妳的。」

說起來，我好像沒怎麼跟莉特提過自己當騎士時的故事，找機會慢慢講給她聽或許也不錯。好了，我再去做一件事吧。

我拿起裝著藥品的提袋站起來。

「雷德，你要去哪裡？」

「看到這裡的村民後，我就有點在意。」

「喔，這樣啊。畢竟這裡是隱於世外的村莊嘛。」

莉特說完站起來，走到我旁邊。

「那我接下來就是雷德醫生的助手莉特嘍。」

「哈哈！我可不是醫生啊。」

「小細節就別管了啦！」

莉特打算陪我一起去。她朝我莞爾一笑。

看到這張可愛的表情，我也回以笑容。

＊　＊　＊

和媞瑟打聲招呼後，我們離開了屋子。並肩走在村子裡，我們聽到夜鳥已經性急地啼叫起來。抵達目的地後，我敲了敲門。

「來了、來了。」

開門的是之前走在村裡時看見的老婆婆。

「哎呀，你們不是大小姐的客人嗎？好像發生了些騷亂，沒事吧？」

「嗯，我們沒事。先不說這個了，老婆婆，妳是不是左眼視力不好？」

老婆婆摀住左眼苦笑起來。

「虧你看得出來呀。畢竟我年紀也到了。」

「我的本業是藥草店老闆，手邊有治療眼睛的藥。」

「我很高興你的心意，不過連大小姐的魔法都治不好這隻眼睛啊。你只用藥就治得好嗎？」

「正因為是藥才治得好。」

雖然用魔法治療很方便，但魔法的效果在於去除病因。也就是說，儘管消滅了病原菌，卻無法修復遭到病原菌侵蝕的內臟。

以前坦塔羅患白眼病時之所以那麼緊急，也是因為治療疾病造成的失明時，必須在除病之後使用再生魔法，而不是治癒魔法。只不過，懂得使用再生魔法的人少之又少。

「大魔導士」能夠除病，但應該沒辦法使用再生魔法。

然而，藥物就不同了。身體若是因病而惡化到功能不全的狀態，以藥草和「鍊金術」做出來的藥物雖說較為耗時，但可以將身體修復到一定程度。

「老婆婆妳的眼睛應該是神經受到損傷。視野是不是變窄了？」

莉特從提袋裡拿出裝著藥物的小瓶子。

我接過瓶子，遞給老婆婆看。

「服用這個藥就能改善一定程度的症狀，也能延緩症狀繼續惡化。雖說沒辦法完全治好，不過可以維持正常人的視力十年左右。」

老婆婆小小地驚呼了一聲。

「讓你們站著說話太不好意思了，進來吧。」

老婆婆邀請我們進屋。

＊　＊　＊

「謝謝你們仔細的講解，我就買了吧。」

聽完藥物的詳細說明後，老婆婆點點頭接過我遞給她的藥，然後給了我四十枚四分之一佩利銀幣。

「吃完的時候我會再帶來的，需要的話就來買吧。」

「這可真是太感謝了。旅行商人不會來這裡做生意，森林裡弄不到的東西只能託大小姐去買回來呢。」

「這個村子沒有醫生嗎？」

聽莉特這麼問，老婆婆搖了搖頭。

「以前有個叫做路易的船醫爺爺啦……不過現在大概已經重新投胎展開新的出海旅程了吧。」

「這樣啊。」

「對了，難得有這樣的機會，能不能也給其他人看看病？這村裡全是老頭子和老太婆，大家的身體多少都有些毛病。」

「嗯，其實我接下來正要去呢。而且我今後打算每個月來賣藥一次。」

「那看來還是叫大家來這裡集合比較快。不過有些人下不了床，想麻煩你結束後去診斷一下。」

「好的，畢竟機會難得，我會給所有人看病的。」

後來我們為村民看病，不僅將手上的藥賣出去，還接到了下次要帶來的藥品訂單。

＊　＊　＊

由於還要去身體差到無法動彈的村民家裡出診，我們花了不少時間。

「幸好有莉特幫忙。雖然我懂相關知識，也有照顧傷患的經驗，但處理老人家的身體問題還真是另有一番難度啊。」

「唔……我不過是按照雷德的吩咐在做事喔？畢竟我只懂一些冒險者該具備的急救知識而已。」

「多虧有助手在，我才能專心思考啊。莉特，謝謝妳。」

「嘿嘿嘿。」

「辛苦歸辛苦，我們也賣掉相當多的藥。一間藥草店包辦一整個村子，就營業額來說可是不小的數目。」

這下得到大客戶了，我和莉特都欣喜一笑。

「你還記得我一開始估算的營業額嗎？」

一起走在路上時，莉特突然這麼問道。

「當然記得啊，那天是在佐爾丹與莉特重逢的重要日子呢。」

「……雷德&莉特藥草店在那之後的營業額遠遠超出了我一開始的估算。雷德果然很厲害嘛。」

「沒有啦，這要感謝莉特妳一直陪在我身邊啊。只有我一人不會這麼順利。」

這次也是，如果沒有莉特在，我大概也不會想去解決佐爾丹供油不足的問題吧。

正因為有莉特在身旁引導，才有現在的我。

「雷德，謝謝你。我很高興能成為你的助力。」

「我總是在煩惱該怎麼做才能報答妳呢。」

「只要能繼續當你的莉特，我就心滿意足了。」

當我們輕聲互訴這些話語、肩膀緊挨地走在一起時，便發現席彥主教正站在米絲托慕婆婆的家門前。

「辛苦你們了，雷德、莉特。」

「席彥主教。」

席彥主教露出和藹的笑容迎接我們。

「你的傷已經不要緊了嗎？」

「還是有點疲倦。看來不能像以前那樣亂來了。」

席彥主教苦笑著。

「你們去為村裡的大家看病了吧？真是幫大忙了。」

身為佐爾丹教會領袖的席彥主教，向只是開藥店的我們深深鞠了一躬。

這個突如其來的舉動令我大吃一驚，不知該回什麼才好。

席彥主教抬起頭，高興地繼續說道：

「考慮到米絲托慕的祕密，這個村子的存在不能讓其他人知道，但對於曾經拯救過佐爾丹的這些英雄而言，在這裡生活實在有諸多不便，我一直感到於心不安。真的很謝謝你們。」

「他們是和米絲托慕婆婆一起過來的維羅尼亞海賊吧？」

「對，他們是在暗處默默守護佐爾丹多年的英雄。」

所以是米絲托慕婆婆和葛傑李克一起當海賊時的夥伴嗎？他們是為了無法再待在維羅尼亞的米絲托慕婆婆拋下一切追隨至今的吧。

「米絲托慕婆婆很受到愛戴呢。」

「大家真的很崇拜她。聽說米絲托慕曾經踹著葛傑李克和船員們的屁股，逼他們去打掃到處孳生不明黴菌、衛生環境惡劣的船隻，還閱讀各種資料學習長期出海的必備知識，也會和廚師一起下廚之類的，可謂是大顯身手。那些人每次喝酒的時候都會說大小姐是最棒的船長。」

一想像住在宮廷的米詩斐雅公主在海上蛻變成現在的米絲托慕婆婆的過程，我便笑了出來。這想必經歷了一連串的文化衝擊吧。

「話說回來，我本來覺得自己的實力也算不錯的了……但所謂的英雄，比想像中還要近在身邊啊。你們究竟是何方神聖？」

「只是在佐爾丹開了間小藥店的老闆，以及剛成為藥草農民的妹妹而已。」

「這個問題很不識趣吧。是我失禮了。」

席彥主教雙手合十閉上眼睛。

「然而，佐爾丹面臨困境之際能有你們這些人在，這只能說是戴密斯大人的保佑了。必須致以感謝才行。」

戴密斯大人的保佑嗎……

若這是神明的旨意，那還真是彆扭的神意啊。我暗自苦笑起來。但我很清楚，這並不是什麼神的旨意。

我、露緹、莉特，還有媞瑟。

正因為集結了所有人的意志，才造就出今天。

第五章 狼莉特與月夜

隔天——

我們離開了米絲托慕婆婆居住的村子。

由於少了三頭走龍，剩下的那頭就讓席彥主教騎，而莉特召喚出精靈巨狼跟媞瑟一起騎，至於我則用跑的。

雖然不想讓別人看到我全速奔跑的模樣，不過莉特施展「狼擬態」以狼的感官能力來警戒周遭，所以不用擔心這一點。

我們在上午抵達佐爾丹，回家換下髒掉的衣服後去找露緹。

「哥哥，歡迎回來。」

不知為何，露緹坐在市長的椅子上。

真正的市長特涅德則坐在左邊的祕書座位上，默默處理著文書工作。

這到底是什麼情況……

「很多事需要仰賴露露小姐的指示，就乾脆先讓露露小姐處理完後我再做確認，這樣比較方便。」

特涅德市長笑著說道。

「不過，不用連市長的座位都讓出來吧？」

「這棟建築是以市長座位為中心設計人流路線。雖然祕書座位和市長座位非常近，但我現在坐那裡並不合理。」

市長整理文件後站起身。

「報告的內容我也可以聽嗎？不方便的話，我先離席一下。」

「我希望市長留在這裡聽報告。」

露緹叫住市長。

「這樣啊，那我便同席吧。」

說完，市長坐了下來。

市長是為了方便露緹發揮而主動迴避，但他看來並不是把事情都丟給露緹解決。

他不斷在思考最妥善的方法，並在同時強化露緹的職務。

我對特涅德市長的評價大幅提高了。

市長作為政治家的能力絕對比不上薩里烏斯王子和黎琳菈菈。

然而，他能夠坦然面對自己做不到的事，有自覺但又不會放棄思考。

如同慶幸這種局面下的佐爾丹有露緹，我認為由特涅德擔任市長也是件幸運的事。

露緹似乎和我一樣對市長抱持很好的評價。

縱使佐爾丹是缺乏軍力和經濟力的邊境國家，這裡依然有各種傑出人才。

「薩里烏斯王子尋找的人是米絲托慕婆婆……」

莉特正在向露緹和市長回報情況。

露緹臉色平靜地點點頭，市長則震驚得臉上一陣紅一陣白。

他不停用手帕擦拭冒汗的額頭。

市長果然給人一種靠不住的感覺。不過他還是聽到了最後，沒有逃避。

強大的人當然不會逃避。然而，市長只是邊境的政治家。明明被捲入自己無從應付的鬥爭，卻還是堅定不移地努力想對策。

佐爾丹是一座好城市，我再次體認到選擇來這裡真是太好了。

「哥哥覺得該怎麼做？」

聽完報告後，露緹這麼問我。

「這個嘛……要保護佐爾丹和米絲托慕婆婆的話，我想還是去和黎琳菈菈交涉交涉比較好。」

「嗯，我也這麼覺得。雖然黎琳菈菈的目的跟打算將米絲托慕婆婆帶回維羅尼亞王國的王子背道而馳，但她的重點是不讓薩里烏斯王子見到米絲托慕婆婆。」

「順利的話，應該能在雙方都沒有損害的情況下達成交涉。」

「但我們不能立即行動。一旦發現祕密暴露，黎琳菈菈會轉而剷除所有相關者。」

「這個可能性很高……所以暫時還是先靜觀其變吧。」

「失去了流浪刺客和部下，黎琳菈菈想必很著急。下次她也會主動出擊。」

「想來就儘管放馬過來，是這個意思對吧？」

莉特說道。

不要抗拒被攻擊，要保持反擊取勝的心態——這是劍術心得之一。

「米絲托慕婆婆的存在並不是佐爾丹的弱點，而是恰好相反。薩里烏斯王子和黎琳菈菈也受制於米絲托慕婆婆的存在。只要我們耐心等待，他們一定會露出破綻。」

「嗯，就這麼辦吧。」

露緹聽到我這番話，為彼此想法相同而開心地點點頭。

「……這樣啊，不用將米絲托慕大師交出去了嗎……太好了。」

聽到露緹的結論，特涅德市長喃喃吐露道。

這句話充滿了安心感，以及勝過在場每一個人的喜悅。

這裡果然是一座好城市。

＊　＊　＊

隔天早上，露緹慌忙跑來找我，說是有急事。

我立刻換好衣服，和她一起奔跑趕路。

我們前往的地方是露緹的藥草農園。

「雷德先生。」

媞瑟在溫室旁邊朝我揮揮手，但看她的眼神就知道情況不樂觀。我和露緹馬上進入溫室。

「哥哥，怎麼辦……」

露緹不安地揪著我的袖子。站在我身邊的並不是曾經作為「勇者」、被迫擁有完美精神力的少女。

露緹如今是一個會自然而然地為眼前景象感到心痛的少女。

「唔嗯……」

我觀察著軟癱在地上的灰色海星草嫩芽。

這裡是露緹的藥草農園中，用來培育灰色海星草的溫室一角。

灰色海星草的芽很脆弱。本來根部必須牢牢扎入地面，讓芽筆直地長出來才行。

但是，它現在枯萎了。

「為什麼會這樣？」

「是黴菌。」

聽到露緹的問題，我便用鏟子挖起土壤給她們看。

仔細一看就能明白，地面以下數公分的土壤都變黃了。

「顏色變了。」

露緹和媞瑟凝神細看鏟子裡的土壤。

「這是冷黴菌，一種吸收周圍熱量作為營養的黴菌。」

「這個我在洞窟和遺跡裡看過，但那些地方的更大片。」

「畢竟在冒險中會引起問題的只有大量繁殖的菌落嘛。」

冷黴菌是遍布大陸的黴菌之一。

這種特殊黴菌具有吸收周圍熱量進行繁殖的特性，以直徑超過一公尺的菌落而言，侵入地盤半徑十公尺的熱源——多半是生物會被它們迅速吸走熱量。

其威力相當驚人，加護等級較低的人類甚至會昏迷三十秒左右。

由於會感覺到強烈的寒氣，大部分的情況下只要立刻離開、暖和身體就不會有事；

若是處於出血導致體力下降的狀態，便可能成為致命傷。

「在人類生活的地方通常不會長成太大的菌落，不過這種溫暖的土壤裡也會孳生出少數。」

就是這種冷黴菌讓土壤溫度下降，造成露緹的灰色海星草的芽變成這副模樣。

「為什麼會有冷黴菌……」

「本來就潛藏在土壤裡了吧。冷黴菌一般在冬天期間的數量會減少到不構成妨礙的程度，我想是建立溫室後它們便開始繁殖了。」

該說是不走運嗎？

不過，改變農地的利用方法時，本來就會遇到許多超乎預期的問題。

最初的第一年想必還會出現形形色色的問題。

「…………」

露緹難過地垂下頭。

「好啦，幸虧露緹即早發現，現在還來得及處理。」

「處理？有辦法救活嗎？」

「是啊。雖然差點就來不及了。」

冷黴菌很麻煩，不過目前看起來並沒有繁殖太多。而且相較於直接寄生在植物上引發問題的黴菌，只要消滅冷黴菌並提高土壤溫度，作物就能恢復正常。

多虧這次露緹今早發現就馬上告訴我，現在還來得及處理。

「事不宜遲，我去準備消滅冷黴菌的藥。」

「嗯！」

藥草農園交給媞瑟，我和露緹立即動身去買必需品。

＊　＊　＊

將藥劑分幾次溶入水中再灑進土裡，然後檢查土壤內的情況。

過程相當順利。冷黴菌本來就不是生命力非常強的黴菌，明天早上應該就能全部消滅了。

「明天確認土壤中沒有殘留的冷黴菌之後，要鋪上網眼大一點的布藉此提升土壤的溫度。」

「好。」

露緹在胸前握緊雙拳答道。那張表情帶著堅定的決心，她是真的很想拯救這些小小的藥草嫩芽吧。

諷刺的是，露緹過去作為「勇者」時不會有這種感情。

「真虧妳能注意到呢。」

「嗯。」

我作勢要撫摸露緹的頭。

「噢！」

但手伸到一半就停了下來。

我直到剛才還在做農活，手上沾滿了泥土。可不能用這種髒手去碰露緹那頭漂亮的藍髮。

「唔。」

露緹看到我停下手，便噘起了嘴巴。

接著，她將雙手放在我的手上，拉起我的手放到了自己的頭頂。

「會弄髒耶。」

「沒關係，等一下就要洗澡了。」

說完，露緹用腦袋蹭了蹭我的手，彷彿在確認掌心的觸感。

我不禁笑了笑。

「好吧。這次妳很努力了，妳永遠都是我最自豪的妹妹。」

我這麼說著，然後小心地撫摸她的頭，以免弄得太髒。

「嗯，我是哥哥最自豪的妹妹。」

露緹嘴角微微上揚，欣喜地綻出笑容。

看到妹妹這麼可愛的表情，我突然湧起一股想要緊抱住她的衝動，不過還是用力克制住了。

＊　＊　＊

離開溫室後，照料完其他藥草的媞瑟正坐在地上餵憂憂先生吃蟲餌。

「辛苦了……已經沒問題了嗎？」

「嗯，畢竟發現得及時。有幾株芽可能不行了，但大部分應該都能活下來。」

「太好了。」

媞瑟鬆了口氣。

憂憂先生也感到安心似的攤開腿，全身無力地趴在地上。

看到這一幕，我笑出了聲。

「憂憂先生好像很在意自己沒有發現冷黴菌在繁殖，說是明明只要走過土壤就會立刻發現這個問題。」

如同媞瑟所說，憂憂先生正垂著頭，看起來有點難過。

「原來是這樣，那以後也麻煩憂憂先生幫忙管理農園比較好吧。」

的確，應該沒有農民能像憂憂先生這樣貼身感受土壤的狀況。

聽我這麼說，憂憂先生便站起來，像是在表明自己會加油似的舉起前腳。

「雷德先生。」

媞瑟站起來，直勾勾地注視著我的眼睛。

「在認識你們之前，我從來沒想過自己能過著這種天天與土為伴的寧靜生活。敵船就近在眼前，換作以前的我根本不會有做這種事的心情，搞不好會二話不說就去暗殺薩里烏斯王子。」

儘管語氣半帶玩笑，但媞瑟有心要做的話，這種事大概易如反掌吧。

媞瑟的表情一如既往地內斂含蓄，只是稍微彎起了眼睛。

「我現在很快樂。」

「這樣啊。」

見到那張平時只有細微情緒波動的臉上浮現溫和笑意，我也跟著露出了笑容。

媞瑟也是重要的朋友。

＊　＊　＊

中午，我讓莉特暫時顧店，自己去亞蘭朵菈菈那裡一趟。

「雷德！」

亞蘭朵菈菈遠遠看到我便揮了揮手……才怪，她一直線地衝了過來。

「你來啦！」

她猛撲過來抱住我。

我一邊扶住亞蘭朵菈菈一邊苦笑。

「嘖！雷德這傢伙……」

周遭的工人都在用可怕的眼神看我啊！

你們誤會了，和高等妖精成為朋友本來就會有過多的肢體接觸，我們絕對不是什麼見不得人的關係啦……

我的心聲沒有傳達給任何人，就這樣消失在佐爾丹的天空之中。

好不容易拉開亞蘭朵菈菈之後，我終於能環視周遭。

「椰樹的情況怎麼樣？」

亞蘭朵菈菈挺胸答道：

「放心吧，每棵樹都精力充沛喲。採得到的椰子足以製作好幾個月份的油。佐爾丹的大家雖然愛偷懶，但不會質疑我的指示，而且看來都有老實地照料椰樹和遵照做法，所以這方面也沒有問題！」

「太好了！亞蘭朵菈菈，謝謝妳！」

「不客氣，我很高興能幫上雷德的忙喔！」

關於用來製油的椰子要如何採摘及椰樹的照料問題，亞蘭朵菈菈的知識和技術果然比中央的植物學家還要豐富且正確。

她調查過要從哪棵樹採下多少椰子，寫成一份任何人都看得懂的計畫表。

「呵呵呵！」

亞蘭朵菈菈開心地笑著。

「這還是你第一次拋開戰鬥和冒險，只向我打聽照料植物的問題喲。」

「畢竟我在來到佐爾丹之前，每天都過著打打殺殺的生活啊。」

「我好高興，真的好高興。我一直很想和你一起培育草木呢。」

亞蘭朵菈菈環抱住我的脖子。

近在眼前的她凝視著我，然後微微一笑。

「等黎琳菈菈的事情解決後，我們一起種花吧。和你一起種的花一定會綻放得非常漂亮。」

說完，亞蘭朵菈菈在我的臉頰上印下一吻，然後回到了工人們那裡。

「種花啊……亞蘭朵菈菈也愛上佐爾丹了吧。」

我笑看著她的背影。

……四周的視線太可怕了，於是我決定去煉油廠。

說是煉油廠，其實就只是個遮陽棚罷了。

工人們正吹著風，發出「喀哩喀哩」的聲響從椰子提煉出油。

由於配方是我研發出來的，所以巡視的時候也順便對幾個人提了些建議。

「看來這邊也沒什麼大問題。」

巡視了一圈，大家都很認真在做事。

明明頂著寒冬的天空，他們卻展現出不像佐爾丹人的拚勁。

「要是平時也這麼認真……不，這樣會喘不過氣。」

「對啊，我也這麼認為。」

傳來一道贊同我的聲音。我回頭一看，發現是之前在商人公會交談過的商人。

他似乎是商人公會派來視察情況的。

「這邊的生產作業才剛開始而已。大家在對工作感到新鮮的時候都會做得很認真，但過了一個月習慣後就會開始偷懶了吧。」

「哈哈！真令人傷腦筋……確實是佐爾丹的作風。」

我握住商人伸出來的手。

「已經上市試賣幾十桶了，評價很不錯。因為沒有魚油那種腥臭味，還有人希望今後也能從這裡訂購椰子油呢。」

「那真是太好了。」

「如此一來，即使與維羅尼亞之間的問題久懸不決也不用擔心物資不足了吧。流通中斷對商人而言是生死攸關的問題。不過，只要有商品可以賣就能解決了。」

「但收入還是會減少吧。」

「這部分會用公會的補助金來調整，盡可能避免走到停業那一步。」

明明在這次騷亂中的損失最為慘重，商人的表情卻很愉快。

「這全都是雷德先生和莉特小姐的功勞，謝謝你們。」

商人單純是將我當作佐爾丹的藥店老闆雷德表達感謝，而不是腰懸佩劍的吉迪恩。

我不由得感到非常開心。

＊　＊　＊

後來，我回到了店鋪。

只剩零零散散的客人上門，我一邊和他們閒聊，一邊悠閒地賣著藥。

儘管害怕維羅尼亞的軍船，但也許該慶幸佐爾丹人「明天總會有辦法」的怠惰性情，大家依舊過著正常的生活。

店鋪在傍晚打烊，我們和過來的露緹、媞瑟及亞蘭朵菈菈一起享用晚餐，在她們三人回去之後，我便和莉特一起泡澡洗身體。

悠哉地泡在浴缸裡暖和身體，洗完澡後，我趁莉特整理頭髮時準備好熱牛奶。

一如往常的幸福日常。

深夜，我在月光下保養劍。說是保養，我的銅劍沒有鋼劍那麼容易生鏽，所以平時用布擦一擦就足夠了。

「明明是新買的卻已經磨損了啊。」

在對付寶石獸和流浪刺客的過程中，我的劍受到不小的損傷。

最近戰鬥的對象都是連我也感到棘手的強敵。

而且騷亂尚未解決。

「不過，芯並沒有歪掉。」

我想要再多犒勞一下這把劍，便準備了磨刀石和裝著水的水桶。

然後用兩塊粗細不同的的磨刀石研磨劍刃。

媞瑟的短劍鋒利到一觸就能割開，但我的劍沒有鋒利到那種程度，稍微研磨一下就可以了。

花不了太多時間。

最後放進水裡洗乾淨，再用布仔細擦拭過後，我朝著月亮舉起劍。

「你應該也沒想到自己會被用來和那些傢伙戰鬥吧。」

被新手冒險者買走，用來對抗哥布林和小史萊姆，半年後被拿去折抵換成更好的劍；然後作為二手劍再度被新手冒險者買下，作為第一個搭檔一起戰鬥……它本來是這樣的劍才對。

我坐著揮一次劍。

發出了「咻」的破空聲。

「我可沒有主動去找戰鬥對象啊……但如果為了過著自由的慢生活而不能出手幫助有難的朋友，那也稱不上自由了。雖然很抱歉，不過今後要繼續麻煩你了。」

我向朦朧地反射著月光的銅劍說道。

「無妨。能在你自願挺身而出的戰鬥中發揮力量，亦是身為劍的衷心盼望。」

這時傳來了這樣一道嗓音。我輕笑後回道：

「哦哦，究竟是誰在回答我呢？」

「呵～呵～呵～老身是寄宿在銅劍中的精靈。你珍惜這把劍的心意老身明白。你的妹妹及其摯友，還有佐爾丹的友人們，以及你的……所愛之人。若老身能用來守護他們的話，你大可盡情揮劍戰鬥。」

「非常感謝您，精靈大人。」

銅劍精靈再次「呵～呵～呵～」地笑了笑。

「此外，老身贈你一句話。」

「什麼話？」

站在我背後自稱是銅劍精靈的人猛然撲抱上來。

「你應該坦率面對自己對於所愛之人的慾求！」

莉特緊緊抱著我。

「什麼慾求……嗯？觸感好像和平時不一樣耶？」

「嘿嘿嘿。」

總覺得，比平時還要輕柔鬆軟……

「妳用了狼擬態嗎！」

「答對嘍～雷德，你一直很想摸摸看這個模樣的我吧！說得再詳細一點就是想親熱一番吧！」

莉特的頭上長出毛茸茸的狼耳，裙子裡則冒出蓬鬆的尾巴。

說起來，尾巴是怎麼從內褲裡跑出來的？

化身系的魔法可以暫時將衣服融進體內；至於擬態系的話，我想衣服應該是維持原樣吧……

問這種問題當然很令人羞恥，但一旦在意起來就會盤繞在腦中揮之不去。

「要不要摸摸看呀？」

莉特露齒一笑，輕巧地鑽進我的雙膝之間。

「就、就算妳要我摸……」

莉特輕輕晃動著尾巴，似乎對我的慌亂感到很享受。

這是怎樣，今天的莉特還真是積極啊。

「雷德，你是不是心中有些煩惱？」

「……竟然被妳看出來了啊。」

「狼莉特的鼻子可是很靈的喔。」

莉特又改變姿勢，轉身面對我。

她現在坐在我的雙膝之間，用她的兩個膝蓋夾住我的腹部。

「雖然我無法回答你所煩惱的這個世界和加護之類的問題……但我可以告訴你，你並沒有做錯。」

莉特將自己的額頭與我的額頭相抵，然後笑了笑。

「因為有雷德在，我才會這麼幸福。所以雷德並沒有錯。」

「……這樣啊，說得也對。」

我和莉特都過得很幸福。

無論過去的人生是何種樣貌，只要我們現在能一直維持著幸福的生活，對我和莉特而言就是正解。

「所以說，你現在要多理睬人家一下！」

莉特在我的臉頰上……一反常態地用舌尖留下一吻。

我稍微吃了一驚。

「呃，那個……」

「來嘛、來嘛，你第一眼看到時就想摸摸看了吧？」

莉特微微低頭，將抖動著狼耳的腦袋湊向我。

「妳今天很主動耶。」

嘴上這麼說，但現在這個狀況讓我覺得很幸福，對莉特懷抱的愛意幾乎要令我失控，我只能拚命壓下這股衝動。

我先是溫柔地輕撫莉特的頭，以免弄亂她的一頭金色秀髮。

然而，莉特看起來不太滿意，於是我再稍微使勁……用和狗狗玩耍時的力道撫摸著她。

莉特的尾巴擺盪得愈來愈激烈。

她眯起眼睛，嘴角抿成一條細線笑著。

狼擬態是用來戰鬥的魔法。

施術者會獲得狼的感官能力和身體能力，藉此在戰鬥中取得優勢。

流浪刺客也用過走龍的擬態魔法，大部分的魔法和技能都是為了戰鬥而存在。

而莉特使用狼擬態並不是為了得到狼的身體能力，而是想要得到帥氣又可愛的外貌和性情，好讓我打起精神來。

發明這個魔法的遠古大魔法師大概也沒料到會有這種用法吧。

我不由得開心起來。

總覺得莉特的這個模樣是只屬於我們兩人的魔法。

或許是撫摸也漸漸無法讓她感到滿足了，莉特抱住我蹭了蹭我的臉頰。

怎麼說好呢，坐著從正面擁抱彼此的話……這種距離感，或者應該說這種緊密感相當驚人，我不曉得要如何形容這種即將滿溢出來的感情，總之就是很不得了。

無庸置疑的是，這一瞬間讓我內心對於戰鬥的煩惱顯得不太重要了。莉特得到狼的外觀特徵後，體溫似乎比平時略高。在冬天的夜晚，這種暖呼呼的溫度令我非常舒服。

「你不摸摸看尾巴是怎麼長出來的嗎？」

莉特問完，輕輕甩起尾巴。

「既然妳都這麼說了，那我就摸了喔？」

「嘿嘿嘿，來吧！」

莉特往我靠得更近。

我的視線越過她的肩膀，清楚看見從背部延伸至臀部的優美曲線，以及從裙子裡跑出來不停晃動的狼尾。

雖然從我的角度看不到，不過尾巴抬這麼高的話，感覺連內褲都能看到。

不行，儘管狼擬態是美妙的魔法，但還是別讓她在別人面前使用好了。不過，現在這裡只有我們兩個而已。

「放心吧，我有狼的耳朵和鼻子，有人接近的話立刻就會察覺到。」

莉特說完又吻了我的臉頰，而且還是好幾下。

我情不自禁地抱緊她，她也用力回抱過來。

真是幸福的時光。

我將手伸向莉特的尾巴。

心跳開始加速。這條尾巴的根部模樣就藏在裙子裡。

究竟（啪！）尾巴（啪！）是以（啪！）什麼樣的形式（啪啪啪啪啪！）……

「莉特。」

「怎、怎麼啦？」

「妳的尾巴搖得太厲害了，我沒辦法靠近啊。」

莉特正劇烈地甩動著她的尾巴，力道大得令人擔心尾巴會不會斷掉。

聽到我這麼說，莉特的臉龐通紅不已。

「看什麼啦～！」

她說出非常不講理的一句話，把我推倒在地。

「明明都刻意不讓你看到臉了，尾巴卻還是會表現出心情，簡直太吃虧了。」

莉特用她的臉不斷蹭著我的臉頰和下巴並這麼說道。

情緒好像也變得跟狼有點像了啊。

她今天比平時還要大膽積極也是魔法造成的嗎？

「跟你說喔。」

莉特停下動作。

她抬起原本埋在我胸口的臉龐，視線投向我。

我躺在地上，看到莉特趴在我胸口上面紅耳赤地注視著我，不禁覺得這副模樣實在太可愛，內心一陣動搖。

「到了明天，我大概會羞恥得躲在房間裡不敢出來吧。」

「……哦，確實可能會這樣呢。」

「所以我呢……」

「嗯。」

「今天想連明天的份一起盡情膩在你身邊。」

說著，莉特露出傻氣的笑容。

她這副有些不同以往的模樣讓我內心動搖不止。我實在是……

「有妳陪在身邊，我真的很幸福。」

我毫無顧忌地說出了自己的心情。

現在的我就是動搖得如此厲害。

莉特嘴角上揚、漾起甜柔的笑容後，緩緩地大幅搖起尾巴。

第五章
狼莉特與月夜

「最喜歡你了。」

聽到莉特的低喃，這次我終於不行了。

……等等問她會不會貓擬態吧。

尾聲　黎琳菈菈的決心

隔天，窗外傳來小鳥歌頌黎明的啼叫聲。

我睜開眼睛，映入眼簾的就是莉特的睡顏。

全世界只有我能獨占英雄莉特這張發著均勻呼吸聲、毫無防備的睡顏。

我用還沒清醒的腦袋想著這種事情，便有幸福感湧上心頭，我將額頭輕輕抵住莉特的額頭。

湧現的幸福感化為恬靜的感情，在胸腔擴散開來。

「嗯呵……」

莉特的嘴角浮現笑意，是夢到了什麼開心的事嗎？

感覺自己心中這份感情也傳達給莉特，我不禁露出傻笑。幸好沒有其他人看到。

再睡一下下吧。

昨天都那樣了，今天一整天大概都沒辦法和莉特親熱了吧。

我閉上雙眼。

阻斷視覺後，透過肌膚似乎更能強烈地感受到莉特的存在。

我在清晨的淺眠中，享受著這份寧靜的感覺。

隨後，我再度沉入夢鄉。

＊　＊　＊

「雷德。」

睡夢中，耳邊傳來一聲低喃。

微微的酥癢感讓我感到很舒服，於是我翻動一下身體。

這時，有股綿軟的觸感包裹住腦袋。

由於太過舒服，我為了尋求眼前這股溫暖觸感而伸出雙臂抱過去，然後意識再度沉淪於睡眠之中。

「……再多賴床一下也沒關係吧。」

遠方似乎傳來一道嗓音這麼說著。

＊　＊　＊

店門響起「叩叩叩」的敲門聲。

我和莉特同時睜開眼睛。

「早、早安」

「早安……」

我眼前是穿著睡衣的莉特豐滿的胸部。

看來我好像不知不覺間把臉埋進她的柔軟雙峰睡著了。

莉特則環抱我的頭，正撫摸著我的脖頸。

我們就這樣互看著對方臉紅起來。

「起、起床吧，應該是露緹她們來了！」

「也、也對，看來完全睡過頭了！我這就去準備早餐！」

我連忙走出房間。

必須先開門讓露緹她們進來才行。

「馬上來！」

我邊喊邊走向店門。

「那麼，今天也努力工作吧。」

自知嘴邊還勾著淡淡笑意，我準備展開今天的生活。

＊　＊　＊

「好啦，短時間內可以做什麼呢？」

我站在廚房環胸思考起來。

烤箱還沒預熱，烤麵包太花時間了。而且也沒有熬湯的閒工夫。

「嗯，我知道了。」

生火後，我拿出麵包、洋蔥、番茄、起司、火腿以及奶油。

我按照三明治的做法來切麵包，再將番茄片、洋蔥片、起司和火腿放上去。調味就用胡椒吧。

然後再按照三明治的做法將配料夾起來，放在奶油已經融化的平底鍋上，並用小鍋子壓住麵包。

煎麵包的香氣讓剛起床的身體更餓了，不過還得再忍一下。

「差不多了吧。」

用菜刀將煎成黃褐色的麵包斜切開後，熱三明治就完成了。

切口處溢出了一些融化的起司。

「那剩下的也都煎一煎吧。」

為了還在餓肚子的大家，我迅速地製作著餐點。

「「「我開動了！」」」

圍著桌子而坐的我、莉特、露緹和媞瑟這麼說完，一起享用起熱三明治。

憂憂先生則在抓來的飛蛾面前雙手合十，表示「我開動了」。

真是隻有禮貌的蜘蛛。

「啊呼～」

莉特將熱三明治裡的起司長長地拉了出來。

用熱三明治把起司捲起來後，她又咬下一口。

真的是吃得津津有味的模樣。

媞瑟用餐刀切開熱三明治，再用叉子叉著吃。

雖然她的表情沒有變化，但從吃的速度來看，應該很合她胃口。

露緹則來回看了看她們兩人，歪起腦袋陷入迷惘的樣子。

「露緹？」

「唔，哥哥，這個該怎麼吃才好？」

「按妳喜歡的方式吃就好，這樣我就會很開心。」

「好。」

露緹目不轉睛地凝視著熱三明治。

「啊唔～」

她和莉特一樣用手拿起來吃。

咬下熱三明治的瞬間，露緹的表情綻放出光采。

＊　＊　＊

露緹、媞瑟及憂憂先生去藥草農園，我和莉特則準備開店營業。

「…………」

從剛才開始，莉特就一直紅著臉不說話。

我猜她是想起昨晚的種種了吧。

她不時朝我瞥來，用方巾遮著嘴巴扭動身子。

真可愛。

「對了，今天要去紐曼那邊送藥！我去準備要送的藥，能麻煩妳顧店一下嗎？」

「嗯、嗯，交給我吧。我一個人反而才能從廢柴狀態恢復過來。」

「啊哈哈！我知道了……但在這之前——」

我跑向莉特，往她的臉頰吻了一下。

「呀噫！」

莉特平時完全招架得住這種小動作，今天卻紅著臉在害羞。

真的是可愛到不行。

「那這邊就拜託妳嘍！」

「雷德很壞耶。」

看著躲到櫃檯後面的莉特，我往儲藏庫走去。

在儲藏庫裡，我一手拿著筆記，將訂購的藥物裝箱。

「這下克庫葉沒庫存了啊……庭院裡好像還有的樣子。」

回來之後再想辦法吧。

由於最近生意變好的緣故，藥物的庫存消耗得很快。

「最後是治療汙穢熱的退燒藥。很好，全都有了。」

我最後再重新檢查一遍。沒有出錯。

「好，莉特！這邊搞定了，我來幫妳！」

「那就拜託你點一下找零的錢吧。」

「了解。」

雖然臉還是很紅，莉特依然俐落地做著開店準備。

畢竟我們已經習慣像這樣一起準備開店營業了。

忙碌的工作很快就結束，我們如同以往在同樣的時間完成了開店準備。

「那麼，今天也要——」

「一起加油～嘿嘿嘿。」

舉起拳頭這麼說完，我們同時笑了出來。

每天都是如此。

＊　＊　＊

維羅尼亞軍船其中一室——

從前率領著妖精海賊團受到各國忌憚的高等妖精黎琳菈菈，儘管在高等妖精中已經過了可以被稱為年輕人的年紀，美貌卻未曾減損半分；然而此刻她臉上正浮現著凝重的神色。

「部下被捕，殺手們也中斷了聯繫。」

即使是黎琳菈菈也難以抑制內心的動搖。

黎琳菈菈派出的部下擅長雙方人數都不多的戰鬥，在維羅尼亞算是這方面的頂尖強者，即使對上A級冒險者也不會遜色太多。

而那些殺手理應同樣具有前段班的實力。被那麼多高手盯上，就算是「大魔導士」也不可能平安無事。

（儘管遭到囚禁的兩名部下安危令人擔心，但是媞法和露露這兩個冒險者到底是什麼來頭？）

這幾天下來，她在佐爾丹搜集到有關媞法和露露這兩名冒險者的資訊根本派不上半點用場。

（這座名叫佐爾丹的城市是怎麼回事？）

要在短短幾天內展開調查時，通常會從調查過該目標對象的人那裡探聽資訊。一般來說，要是出現了那麼顯眼的人物，一定會有人想查出他們的底細。

然而，黎琳菈菈的部下們卻找不到調查過媞法的人。就連消息靈通的盜賊公會都不知道。

（當然也有可能是出於警戒而不肯透露消息。）

但是，黎琳菈菈不認為這個與陰謀扯不上關聯的邊境小國有辦法佯裝無知，讓她為了保護樹敵無數的葛傑李克王而招募來的諜報員們探查不到任何情報。

（那可是比他們自己還要強的外來者啊！難道他們都沒有感覺到威脅嗎？）

到頭來，黎琳菈菈只知道她們兩人是厲害的冒險者，過去的經歷一概不明。

黎琳菈菈只能陷入苦惱。

「既然如此，關鍵就在那傢伙身上了。」

佐爾丹裡知曉那兩人過去的恐怕只有他一人。

如果能在部下被捕之前掌握到這個消息，她就不會派人襲擊自稱白騎士的露露，而是去抓他當人質了。

「藥店老闆雷德。」

黎琳菈菈站起身，打開上鎖的盒子，從裡面取出高等妖精製造的綠鋼手甲，上面發出淡淡的光輝。

「流淌在我體內的高等妖精尊貴血脈啊，賜力於我吧。」

劍術手甲——這是黎琳菈菈家族傳承下來的魔法道具，妖精戴上後，祖先們習得的劍術便會寄宿在裝備者身上，使其變成劍術高手。

不懂劍術的人戴上後也會變強，但若是由黎琳菈菈這種本身就是一流劍士且具備高等級加護的人戴上，實力便會超越一般高手，達到超人的境界。

黎琳菈菈又從盒子裡拿出與平時使用的短彎刀不同的長劍。

劍鞘是白色的，點綴著燦亮的金色裝飾。黎琳菈菈只不過稍一拔劍，蘊含的風魔法便迸發出來，拂動她的銀髮。

這也是祖先流傳下來的魔法劍。相傳是由高等妖精名匠搏命鍛造而成，名為「妖精之悲嘆（Elven Sorrow）」。

據說這把劍的力量太強，高等妖精名匠感嘆這把劍恐將奪走無數性命，因而得名。

黎琳菈菈祕藏的魔法道具有兩樣。

「只能由我親自出馬了。」

身為白騎士露露的兄長，與媞法也交情深厚的藥店老闆雷德是D級冒險者。不過，有消息指出他隱瞞了自身實力，毫無疑問具有C級冒險者以上的實力。

不用說，其餘部下也有能輕鬆抓住C級冒險者的強者……但黎琳菈菈決定將對手的預設威脅度拉到最大，出動她擁有的最強戰力——亦即黎琳菈菈本人去把他抓過來。

（雖然他們似乎不打算老實交出教徒名簿……但還是必須趁他們改變主意之前除掉

米詩斐雅才行。）

黎琳菈菈抱著隱晦決心，裝備上兩個魔法道具。

後記

非常感謝翻閱本書的各位讀者！我是作者ざっぽん。

多虧大家的支持，本系列也來到第六集了！

我真的很開心能繼續將故事呈現給大家，希望有符合各位讀者的期待。

這次費了相當大的心力寫這本書。擬大綱的時候很苦惱，撰寫的時候也很苦惱，把故事重寫了好幾次。

愈辛苦就愈有趣……雖然寫小說未必是如此，然而歷經一番辛勞所完成的故事讓我感觸良多，其中傾注了許多心血。希望各位讀者也能因為這本書而獲得一次快樂的閱讀體驗。

第六集的主題圍繞在本應由勇者解決的問題上。

勇者立下的戰功讓聯合軍逐漸取得優勢，而背叛人類站到魔王軍那邊的維羅尼亞王國就成了問題。為了阻止人類內戰，勇者潛入維羅尼亞王國，說服他們加入聯合軍。

年邁的國王臥病在床，邪惡的王妃趁機興風作浪。解決問題的關鍵在於五十年前不知去向的前王妃。

得到飛空艇的勇者本來要飛遍整個大陸尋找失蹤的前王妃，並且揭穿邪惡王妃的陰謀。佐爾丹在勇者這趟旅程中的作用，只是這座城裡的居民會提供勇者「城西森林住著一個老婆婆」這個消息。當然，雷德和露緹等人的故事並沒有發展成這樣。

那麼，露緹應該繼續勇者的旅程才對嗎？勇者選擇慢生活是否犧牲了其他人？雷德、露緹以及這個世界的人們是怎麼想的……這一集說的就是這樣的故事。

話雖如此，慢生活並不適合出現悲劇，所以大家抱著輕鬆的心情來看待雷德等人的精采表現與日常生活就可以了。

更何況，雷德和小狼莉特把強化身體進行戰鬥的變身魔法用來親熱才是本集的最大看點啊！

話說，由池野雅博老師繪製的漫畫版《真正的夥伴》正在《月刊少年Ace》上連載，而且單行本也正在發售中。

本集發售時，漫畫第三集幾乎是同時發售（註：此指日本當地的販售狀況）。第三集的劇情進展到小說第一集結束的部分。露緹盛怒下對艾瑞斯揮出的一拳，比我想像中還要用盡全力揍了下去，超有震撼力的！

請大家也務必看看漫畫版！

下次是第七集。

部下和殺手全都慘敗，高等妖精海賊黎琳菈菈終於決定親赴佐爾丹。邊境佐爾丹被捲入圍繞薩里烏斯王子與蕾諾兒王妃等人的大國陰謀之中。包含蕾諾兒王妃跟雷德的因緣在內，將會描述雷德等人迎來冬季最後風暴與春天的慢活故事！

還請大家繼續支持下一集。

這次也少不了各方人士的鼎力相助。

我之所以想把莉特的獸耳模式寫進故事裡，其中一個原因就是為了看やすも老師畫這樣的題材。非常感謝您這次也繪製了精美的插畫！

設計人員、校正人員、印刷廠的各位人士，以及與本書有關的每一個人。這本書能夠出版都要多虧大家的幫忙，真的非常感謝各位。

責編宮川編輯，這個系列來到第六集了呢！

看到輕小說每個月的出版數量，我便可以體會到要讓讀者從其中拿起來閱讀是多麼不容易的一件事。這個系列能夠持續推出續集，也是宮川編輯和我一起努力過來的結果。今後也拜託您多加關照了！

最後，正因為有讀者在，書的價值才會顯現出來。若是這本書能讓各位讀者或多或少獲得一段快樂的時光，就是身為作者最至高無上的喜悅。

今後也請大家多多指教！

2019年　寫於忙昏頭的歲末　ざっぽん

因為不是真正的夥伴而被逐出勇者隊伍，流落到邊境展開慢活人生

Banished from the brave man's group, I decided to lead a slow life in the back country.

我是負責繪製插畫的やすも。
獸耳莉特感覺很新鮮，我畫得很開心！

因為不是真正的夥伴而被逐出勇者隊伍，流落到邊境展開慢活人生7
下集預告

與威脅和平的
勢力決戰時刻
迫近！
雷德能夠
再次贏回
幸福的日常（慢生活）
嗎——！？

近期預定發售！

異世界悠閒農家 1~6 待續

Kadokawa Fantastic Novels

作者：內藤騎之介　插畫：やすも

大樹村來了一對狐狸親子！
慢活生活＆農業奇幻譚，第六集登場！

一隻幼狐誤入迷途跑進村子裡，與村裡的人們變得日漸親近；追趕而至的母狐卻提出說要支配大樹村？儘管對手不太好對付，但是否能見識到九尾狐的真實本領呢？越來越多人移居到大樹村，村子的規模也變得越來越大！擴建過了頭，甚至來到魔王國境內？

各 **NT$280~300/HK$90~100**

打工吧！魔王大人 1~20 待續

Kadokawa Fantastic Novels

作者：和ヶ原聡司　插畫：029

魔王與勇者展開親子三人的同居生活!?
消息傳到異世界安特·伊蘇拉引起軒然大波！

阿拉斯·拉瑪斯也出現異常。為了拯救女兒，魔王說服了原本頑固拒絕的惠美，前往她位於永福町的家。在目睹了擺在玄關的室內拖鞋、大冰箱和獨立衛浴等遠勝三坪大魔王城的設備以後，魔王大受震撼，親子三人就這樣在惠美家展開同居生活……

各 **NT$200~240／HK$55~75**

奇諾の旅 I~XXII 待續

Kadokawa Fantastic Novels

作者：時雨沢惠一　插畫：黑星紅白

空無一人的國家卻有大批白骨在巨蛋裡!?
銷售高達820萬本的輕小說界不朽名作！

奇諾與漢密斯在沒有任何人的市區中行駛，接著他們在國家的南方發現了一座巨蛋。在昏暗的巨蛋中，有一片廣大且平坦的石地板，而在那地板上隨意散落的，則是各式各樣的白骨。陰暗中，骨頭簡直就像是散落且鑲嵌於四處的寶石一般發著光……

各 **NT$180~260/HK$50~78**

戰鬥員派遣中！ 1~6 待續

Kadokawa Fantastic Novels

作者：暁なつめ　插畫：カカオ・ランタン

異世界侵略喜劇進入全新篇章！
愛麗絲和六號要踏上嶄新冒險旅程!?

魔王杜瑟轟轟烈烈地自爆後，總算成功制伏了同業競爭者魔王軍的六號變得閒閒沒事做。就在這時，鄰國托利斯居然滅亡了!?愛麗絲立刻著手調查，疑似神祕勢力的暗影也若隱若現！未知星球上的占地對決即將白熱化──

各 **NT$200~250/HK$67~83**

國家圖書館出版品預行編目資料

因為不是真正的夥伴而被逐出勇者隊伍，流落到邊境展開慢活人生 / ざっぽん作；Linca 譯. -- 初版. --
臺北市：臺灣角川股份有限公司, 2021.05-
冊； 公分. -- (Kadokawa fantastic novels)
譯自：真の仲間じゃないと勇者のパーティーを追い出されたので、辺境でスローライフすることにしました
ISBN 978-986-524-414-9(第 5 冊：平裝). --
ISBN 978-986-524-546-7(第 6 冊：平裝)

861.57 110003649

Kadokawa Fantastic Novels

因為不是真正的夥伴而被逐出勇者隊伍，流落到邊境展開慢活人生 6

(原著名：真の仲間じゃないと勇者のパーティーを追い出されたので、辺境でスローライフすることにしました 6)

2021年6月28日 初版第1刷發行

作　者：ざっぽん
插　畫：やすも
譯　者：Linca

發行人：岩崎剛人
總編輯：蔡佩芬
編　輯：彭曉凡
美術設計：李思穎
印　務：李明修（主任）、張加恩（主任）、張凱棋

發行所：台灣角川股份有限公司
地　址：105台北市光復北路11巷44號5樓
電　話：（02）2747-2433
傳　真：（02）2747-2558
網　址：http://www.kadokawa.com.tw
劃撥帳戶：台灣角川股份有限公司
劃撥帳號：19487412
法律顧問：有澤法律事務所
製　版：巨茂科技印刷有限公司
ISBN：978-986-524-546-7